图书在版编目（CIP）数据

十二美人国 / 苏芩著. -- 北京：作家出版社，2024.1
ISBN 978-7-5212-2472-6

Ⅰ.①十… Ⅱ.①苏… Ⅲ.①长篇小说—中国—当代 Ⅳ.① I247.5

中国国家版本馆 CIP 数据核字（2023）第 163595 号

十二美人国

作　　者：苏　芩
责任编辑：刘潇潇　单文怡
插画支持：王三三
装帧设计：书游记
出版发行：作家出版社有限公司
社　　址：北京农展馆南里 10 号　　邮　编：100125
电话传真：86-10-65067186（发行中心及邮购部）
　　　　　86-10-65004079（总编室）
E-mail:zuojia @ zuojia.net.cn
http://www.zuojiachubanshe.com
印　　刷：北京盛通印刷股份有限公司
成品尺寸：147×210
字　　数：168 千
印　　张：8
版　　次：2024 年 1 月第 1 版
印　　次：2024 年 1 月第 1 次印刷
ISBN 978-7-5212-2472-6
定　　价：50.00 元

作家版图书，版权所有，侵权必究。
作家版图书，印装错误可随时退换。

高塔里的朵不花

蔷薇与茉莉

王后海千珊

栖月国的秘密

目 录

楔　子	栖月国的二十四位王子	001
第一章	高塔里的朵不花	017
第二章	森林里来的甘白薇	045
第三章	三根麦穗	066
第四章	少女阿薰	079
第五章	蔷薇与茉莉	088
第六章	美人国	127
第七章	白九斤	151
第八章	王后海千珊	172
第九章	士子杓兰	203
第十章	公子夜重华	213
第十一章	五十弓箭手	230
尾　声	揭开栖月国的秘密	250

楔子　栖月国的二十四位王子

在落月山的北望,有一方富庶的小国,是月亮的归处。每当太阳升起,月亮便沉到这边歇息。国民尊月神为母神,世世代代受他的庇护。

这里是栖月国。

栖月国虽并不广有沃土,也非脚踏之处遍有金宝,亦不是家家户户锻炼兵刃,然而毗邻之邦依然不敢小觑。因为国王壮年英武,他有二十四个儿子。

"二十四位王子啊!个个英姿挺拔神采奕奕!每次王子们整整齐齐列了一队跟着国王巡仗检阅,那简直就是一支队伍啊!"

"是一支最精强无匹的队伍哪!"

"还是一支最英俊不凡的队伍!"

臣民们每每议论起国王的王子们,无不赞叹称奇!男人眼中满是钦羡,妇女腮边含了娇羞的红晕。国王的二十四个儿子,相貌都出奇地肖似父亲。

国王和他的二十四个儿子,是栖月国最英俊的男子。

王子们一个接一个渐渐长成，成为栖月国最英俊的男人们，国王殊以为荣。

这一年天气渐寒的时候，国王背疾复发，闲暇时窝在寝殿痛苦不已，连他最爱的远猎活动也取消了。于是耳边渐渐就有了一些议论的声音。

"国王年纪是大了，栖月国大概该有新的国君了。"

"每位王子都英武不凡，个个都颇有国王当年的俊毅风度呢！"

"我的天爷，二十四位王子啊！个个都是极出色的，这到底该怎么选？！"

"依我看，便是闭着眼睛指一个做继位者都是不错的，谁让王子们个个都英俊正直哪！"

"大王子二王子都已经成婚生子了，做了人父的他们做国君怕是会更慈爱吧！"

"我倒觉得十三王子更清雅聪秀些，心胸宽敞柔和，做国君最合适不过了。"

……

这些议论，细细地，悄悄地，半避讳着人的……却每一句都扎进栖月国王的心里，令那脊背上的痛苦更加狠添了几分！

"我若还是那马背上猎熊的光景，他们哪个敢背后如此嘀咕？！"国王愤恨不已！

年轻时的栖月王曾是技艺最高超的箭手，曾一日内连射下十二只鹤鸟，其中还有数只是一箭双鹤！这曾被栖月国上上下下惊颂不已！便是现下的二十四位王子，论起猎技也莫有能超越父王者！

国中最高明的医生却说："国君已过壮年，如正午之阳渐渐斜下，当年的壮力也减了三五分有余。天命使然，人莫能免，哪怕您是最尊贵的栖月国君。要说什么是最好的药，莫过于减少劳心劳力，有些琐碎的事情，不妨交给王子们料理吧。"

国王愈加心烦。

夜色渐染，月亮又快爬上了中天。今晚的月亮又大又圆，直比白天的日头更觉明亮。可国王心绪不宁，脑袋里有千头万绪止不住地揪扯。

"月神啊！我虽有二十四个儿子，个个英俊威武，却阻挡不住死神的步履啊！儿子们一天天长成，个个都像我当年的样貌，这更是一刻不停地在催促我要远行西归了……"

国王就这样坐着，直到月亮稳稳站上了中天，忽然一声长叹，心里渗出一个微微的念头："若是，可以用儿子们的青春来换取我的寿命……"

一阵风过，忽地他一个激灵，也觉得这想法实在罪恶！但当风止了、夜静了，一切都似乎无人知晓了，这个念头又缓缓冒出头来："那样又有何不可？！他们的生命是我给的，他们的富贵是我赐的，儿子报答父恩再应当不过……"

所以说人应当时时检视自己，务必力保刻刻都是正气贯穿全身，因为那些恶意邪念总是遍布周围，隐藏在每一扇门后面、每一条地缝下面、每一个背阴处、每一片看不见的树叶后面……就等你浊念一起，呼呼啦啦扑上来迅疾就摁住了你所剩的其余善念。

人一旦有了恶的念头，百邪皆侵！

正当栖月王望月失神之际，便有一股阴邪之力从暗夜处袭来，直入国王脑窝处！那国王忽地一凛，脸色已换了一片狰狞！

"来人！速押十三王子来见！"

国王厉声疾言，不复往日的威慈端稳，侍卫们不禁惊出一身冷汗！

第二日才刚天明，已是举国皆知：十三王子因冒犯国王，被深夜枭首！

凤黯鸟叫了一夜，栖月国要变天了！

月神本是双生子，谟罗便是那个孪生兄弟。但谟罗生来面貌极丑陋，面如铁漆、口鼻狰狞，月神麾下娇美的仙子们见了皆惊惧四散。

世人皆赞月神俊逸非凡，见了谟罗却躲之不及。谟罗因此格外嫉恨月神。不光如此，谟罗扭曲的内心里更是连带着深恨这世间的一切兄弟，若是那人世间的兄弟结伴出门遇上了谟罗，必有一人要被毁亡！而且定会是相貌更俊秀的那一个！在谟罗一千岁的时候，已经残害了不知多少少年和孩童。在尘民的央告哀求之下，天神拿住了谟罗，将他封印在落月山下，由他的兄弟月神看管。又一千年后，谟罗央告天神，"无上的天帝啊！我已改弃恶行，请宽恕我的曾经，恩赐我重获自由吧！"

天神未置可否，陷入深深的思虑……

谟罗此后日日央告，直到天神说："好吧，暂且每月放你一次自由身。每到月亮最大最圆的这夜，你可以获得一夜的自由。等到天亮，月亮沉到了落月山，你照旧回到这山牢里来。"

谟罗虽不十分满意，也只得暂且忍下性子，感谢天神的恩赐。

那之后，每到月亮最大最圆的一夜，谟罗便被解了封印，去山牢之外舒缓筋骨，他在山野间奔跑，在月色下咆哮，然而此时夜静人稀，并不会再有凡人兄弟们结伴出行，谟罗无机下手，因此无奈地收敛起杀性。

一千年的山牢缧绁，并未修炼出谟罗的丝毫仁爱之心，却让谟罗对月神更加仇恨，觉得自己的不幸都是这个孪生兄弟带来的！可是以他的力量，明打实斗绝不是月神的对手，因此谟罗巴不得那些受月神庇护的尘民连遭厄运，可以借此败坏月神在人间的美名！

世间事皆是如此，短暂的自由会让长久的囚禁变得更难忍耐！谟罗每个月只有一晚可以重回自由世界，其余时间依旧得做个囚犯！这让他原本就扭曲的内心更加阴毒！谟罗的杀心，从未减退！

若说一千年被禁锢在山牢里的岁月，让谟罗学会了什么，那只有加倍的狡猾。

他绝不会再用自己的真身去亲手杀戮。

"之前我就是太傻，才会亲手去干掉那些该死的东西！哼哼，此后所有的血渍，都不会再溅到我的手上，哼哼，自会有人替我干掉那些不该存在的家伙！"

谟罗盯上了惊生恶念的栖月王。

栖月王自长长睡梦中醒来，梦里有人嘤嘤哭泣，醒来愈觉得这哭声清晰。望见侍从们的脸上既哀且惊，国王明白，昨夜非梦！

他屏退了众人，独自在卧榻沉思。

心不可能不刺痛，毕竟那是自己最清俊秀逸的第十三个儿子。还记得十三刚刚出生时，见了侍女妃嫔皆啼哭不止，栖月王一到，立马破涕为笑。他认出了那是自己的父亲。从此后，这个十三王子，就最能勾起栖月王心头一暖，那是他内心里最疼爱的儿子……

往事不堪细想，一想到这些，栖月王觉得自己心都要疼到炸裂了！

依稀记起自己与谟罗定下了死契——每一位儿子都会用年轻的生命来替他延续寿命和荣耀！

"犹豫什么？！你可足足有二十四个儿子！"

"是啊，我有二十四个儿子。"

国王答应了谟罗的交易，于是从今天起，他就只有二十三个儿子了。起身坐卧间，国王觉得身体似乎轻快了许多，病痛不再如昨日那般煎熬了。

在十三王子被枭首的那夜，栖月国人还不知道这仅仅只是开始。他们闩起房门，为最儒俊温雅的十三王子祝祷亡灵，臣民们想不明白这位温和宽厚的王子到底犯了怎样的大不敬，竟会令处事英明的国王辣手杀子！

人人都祈盼时间可以走快一些，以渐渐平复伤悲。可还未来得及遗忘，下一个满月夜又悄然而至，国王素日极器重的十王子，正送来应季的各色补品，顺道劝慰父亲保养身体。话未说上两句，已引得国王咆哮不止："忤逆的东西！敢咒本王疾病缠身？！推出去，砍！"

卫兵和十王子都呆愣了，他们的震惊甚至胜过了恐惧，几乎没听懂国君的意思！直到十王子被押去了斩首台，一路上都是心神憯然，甚至忘记了哀声求饶！

国运骤然巨变！栖月王的儿子们人人自危。

再后是二王子、七王子、大王子，甚至连尚且年小的二十三王子，都没能逃过一劫！每当月亮最大最圆的那夜，便是栖月国王子们的祭奠日！

国王依旧打理着一国事务，只是比之从前更沉默寡言了，也不再宣召夫人同寝，他下了死令：任何王子敢逃国出城，便斩杀他们的生母和子女！

栖月王有十四位夫人，如今个个夜不能寐，悄声哀泣，不知下一个会轮到谁的儿子！

国中上下惊惧不已，大臣们畏畏缩缩不再敢进言，百姓们却议声如沸，都说月神入了邪道，开始嗜血为魔、屠戮人间！家家户户都把月神像摔碎在门外，连孩子们都要指着月亮咒骂几声"妖魔"！栖月国不再受月神的庇护，像失去了父母的弃儿！

时间一晃，王宫外的陵寝里已经埋葬了六位王子。每到月圆夜，各位王子躲在各自的家里与妻儿哭别，那些年纪尚幼的王子们，被母亲抱在怀里，吓得瑟瑟发抖。终于这一夜，卫兵们来到十九王子的府门前。

十九王子名唤乌聆牧，刚满二十岁，玉树一般的风姿，生母是国王的婧夫人，早于乌聆牧王子十岁时去世了。乌聆牧王子自幼跟着栖月国第一将军风布吉学习武艺，不满二十岁已是国中数一数二的高手。因乌聆牧王子还未成婚，自从国中骤变，每到月圆夜，师傅风布吉等人便陪在他身边，恐万一有事，好想对策！今夜，十九王子的府中还有风布吉将军的女儿青雀儿。

这青雀儿身量轻巧，眉眼俊气，竹青色的衣衫衬得少女朝气腾腾。她自小和乌聆牧王子一起跟着父亲学习骑射，自然不像寻常贵女那样娇娇含羞。虽只有十五六岁的年纪，却生得英气亭亭，骄然溢秀。人常说，女子总需三四分英气，才更显得气韵卓然。说的便是大将军府的女公子青雀儿！

此刻卫兵已在门外连宣了几声，青雀儿扯住十九王子的衣袖便要往后门冲："乌聆牧哥哥，事已至此，保命为先！逃了再说！"

乌聆牧王子只是静立不动，他哀容满面，扯回衣袖："我一人逃了，剩下这些人可怎么保全？！"

风布吉将军也疾声催促："你既未成婚，婧夫人也已早逝。正该无牵无挂逃命要紧！"

"可我一逃了之，岂不连累了师傅你吗？！"

"这你放心，栖月国的兵士由我习练，将士们也多是我带出来的，我一人能号令三军，国君轻易不敢伤我性命！"

乌聆牧王子沉吟片刻，又蹙眉叹气："此时城门已然闭了，四处又有卫兵重重把守，逃又能逃到哪里去呢？"

"我已替你筹划过了，暂且不要出城，先让青雀儿带你到落月山里寻个僻静角落避避风头，等过几日把守松了，我再想办法送你出城！"

青雀儿忽然一拍脑袋，扯住乌聆牧的袖子说："对啊！牧哥哥，咱们去找他！"

"谁？"

"往落月山直走三十里，有处僻静的宅院，里面住着个怪脾气的老伯，能知前因后果。我平日偷偷寻过去玩耍，听他讲了好些稀奇故事！我们今夜就先去找这老伯，没准儿他能帮我们！"

将军风布吉叹了口气，做出了个默许的表情。虽然他平日里最不支持女儿跟这些怪诞不经之人来往热络，但事关人命，也顾不上其他了。——"你们快走！"

火烧眉毛，乌聆牧王子此刻已无二法，索性一横心，和青雀儿一人一匹快马，趁黑往落月山奔去。

落月山以西，住着种花人皎白驹。这皎白驹生得奇异，面庞如十八九岁的少年，那浓发长髯却白成了霜雪，说起话来声音腔调又像个已过壮年的沉稳男子。没有人知道他的年龄。

青雀儿第一次走马练箭迷了路，误闯到这里，曾问他："看你的面庞嘛，该叫哥哥。听你说话，得叫伯伯。再看你的胡子眉毛，又该叫爷爷。我到底该唤你什么呢？"

皎白驹眼皮都没抬一下："我至今已两百四十三岁了，你说该唤我什么？"

青雀儿先是一愣，而后调皮地笑了："这么说，我的老老老祖宗都该唤你老伯哪！"

这皎白驹确实与常人殊异，他少时曾拜白泽为师，遇事颇知来因去果。不过他性情寡淡，只爱隐居在深山里，不与世人交接，每日养花种草为乐。青雀儿来便来，他也并不赶她走。青雀儿坐便坐，他也并不搭讪话头。青雀儿房前院后串得无聊了走便走，他也不挽留。

这一两年间，青雀儿来得次数多了，每次来皎白驹既不客套，也不迎送。

在青雀儿眼里，这是一个如山间云般清雅且莫测的男子。

这样深的夜，青雀儿疾步闯进了皎白驹的院子，一迭声唤着"老伯老伯"，后面跟着的乌聆牧王子略有犹疑。

屋中的皎白驹一身暗云色的衫袍，衣衫齐整，深夜有急客登门，但他丝毫未有讶异之色。他并不迎出门来，甚至头也没抬，只端坐在那里摆弄手心里的花籽，似乎已等了他们许久。

"老伯，你快想办法救牧哥哥啊！国君今晚就要杀他！"

皎白驹眼皮略抬一下，看了看乌聆牧，似乎找到了某种答案，脸上有一种微微的神情，有久疑得解的释然。

"老伯，你莫只顾着愣神儿！这位是十九王子乌聆牧，国君正下令诛杀他！"

皎白驹摆摆头："我并无法子救他，一切自是天神的安排。"

"什么天神的安排，明明是国王失心疯了！亲生骨肉不分青红皂白便要砍杀！"青雀儿急着向皎白驹解释。

皎白驹未理会她，扭脸对乌聆牧说："天神不会无缘无故降下这场劫难，其中自有因果。我已看到了个中真相，你栖月国该有此劫，才有谟罗作祟，借手残杀你兄弟。"

乌聆牧一听这话，急切问道："尊长既然知晓真相，也定会知道该如何解救我兄弟吧？"

皎白驹摇头："可惜你我都不是能制住那邪神的人。"

青雀儿腮帮一鼓不乐意了："可是老伯你总要想法子救救牧哥哥和他的兄弟啊！你看看牧哥哥，他此刻就在你眼前站着，活生生地站着！你总不能眼睁睁看着这样一大活人即刻就被押上断头台吧？！"

皎白驹并不言语，似乎在琢磨什么，良久轻叹一声："想要制住附身国王的谟罗，唯有那命定之人才行。"

乌聆牧和青雀儿眼前划过一道光亮："命定之人？！是谁？"

皎白驹摇摇头："我并不能说出那人姓甚名谁，这也是天命。我只能说……那是个……极美的人。"

"极美的人？那定是个女子了？是谁家的千金，又是哪国的公主？或是隐居的侠女？尊长啊，恳请指引我们去向，救我栖月国兄弟性命！"乌聆牧王子伏倒在皎白驹脚下，行了个最尊崇的礼节。

皎白驹垂目而坐，并无所动。

交往这些时日，青雀儿已深知皎白驹的性情，她扶住了乌聆牧王子："既然老伯这么说，那我们拼了性命也要去找！可是老伯啊，能否给我们一些指示，否则如此天高地阔繁星乱眼，真如海中拾沙一般！我们该往哪里去才好？"

皎白驹说："那人已经知晓你们的踪迹了。若你们遇到一个人，知道你们的来意，又明白这其中的因果，这便是那个命定之人了。你们带回这人，便能解除栖月国的恶咒。"

皎白驹言止于此，起身说："你们先歇片刻，等明早出发时我再来送。"

"明早出发？！"青雀儿惊呼起来，"老伯啊，你知不知道现在牧哥哥已是栖月国的逃犯！四处都在缉拿他哪！我们怎么敢青天白日里大摇大摆出城门去？老伯可恶，这是要让牧哥哥自投罗网！"

皎白驹却轻轻一笑："我说明早便是明早。"

说完他走出门去。

此时距离天明，也已经不太远了。二人窝在椅子上，谁都合不上眼。

乌聆牧王子愁容惨淡，他说："青雀儿妹妹，明天一早你便回家去吧。前路太过凶险,而且根本毫无头绪,我不能让你也赌上性命。"

青雀儿忽地立起身来:"牧哥哥你这是什么话?!我们自小骑马射箭,跟着父亲一起习练,你总把好吃的零嘴带来给我,得了新鲜有趣的东西也总是先想着我。你比亲哥哥也不差分毫!如今你有难我怎能独自冷眼观望?!若是眼睁睁看着你一人赴死,我怕是会活活自责而死的!你不必再劝,我是铁了心要陪你去找那天命之人的!"

"你一个女孩子,自小生长在将军府里,衣食无忧,这一路上的苦怕是难以承受。"

"父亲的军营我住过,荒山草地我来去如风,虽是女孩子,也绝不比你们男子娇上几分!"

"你毕竟是女孩子……"

青雀儿干脆跳下椅子,抽出七宝腰刀,撩起自己那墨漆漆的粗辫子齐肩便是一刀!她把手里的发辫一扔,又用原先的枫叶色发绳系住那削短的新发。她神气凛凛地朝乌聆牧王子一笑:"怎样?可像个俊俏的少年公子?"

乌聆牧王子心里万千感动,嘴上却佯装出几分硬气:"并不好看。"

等到天色渐亮,约莫已是城门大开的时候,皎白驹回来了。虽有客人在此,他并未备下早饭。只手里拿着一方藤木小匣,打开,是葡萄粒大小的铜色两丸,他让青雀儿和乌聆牧王子各自拿了一丸。

皎白驹说："你们这一去免不了荒野蓁道，怕是缺食少饮，这是龙爪薤捻成，吃下后即便半余载不吃不喝，也可保不饥不渴、性命无虞。"

青雀儿一声惊呼："哇！吃这一丸能顶半年的饥肠辘辘？！这看起来很普通的样子嘛，老伯，你该不是哄我们吧？"

乌聆牧王子也深觉奇异，捧在手心端详了又端详："曾听说乌哀国有龙爪薤，高大有九尺、色泽如玉石，煎成膏状服下，可保千年不饥，且还能肋间生出双翼！"

"这么神奇？！那岂不是人人都不必吃饭，只吃它就够了！"

看到青雀儿一脸惊喜之色，皎白驹浅浅一笑："千年不饥属实夸张了，但有了龙爪薤的补给，百多日缺水少食，倒也不妨大事。"

"哦哦，老伯，我们吃了真的会长出羽翅吗？"

"这就是以讹传讹了。"

确定吃了龙爪薤丸并不会生出翅膀，青雀儿有几分略略的失望。她倒是很想体会一下肋生双翅云间翱翔的畅快。不知为何，一想到飞翔之趣，青雀儿就有几分熟悉的感受涌上心头。她忍不住把手中一丸放在唇边，粉舌一舔，不酸不苦不咸不涩，味道寡淡得像清晨的薄雾，并不难吃的样子，干脆丢进嘴里三口两嚼咽下肚。乌聆牧王子起初还略有迟疑，一想到如今自己是逃罪之人，与死无异，也就一横心吞下肚去！

皎白驹对二人说："现在可以动身了。"

他引着二人骑上骏马，从怀里掏出一只月白色小袋，掐指从里面捻出几丝亮莹莹的粉屑，朝着两人两马一扬，一瞬之间青雀儿惊呼不已："啊呀！牧哥哥，我竟看不见你了！"

乌聆牧王子也颤着惊诧的嗓音："青雀儿妹妹，我也瞧不见你啊！"

皎白驹说："记住，这隐身粉是有时辰限定的，只能支撑到你们出去城门！快马加鞭，一刻莫停，可保出城无碍！"

乌聆牧王子连声称谢，青雀儿脆声告辞，皎白驹随即听到了二人"驾！驾！"的出发声。在马蹄声还未消尽的时候，传来青雀儿的声音："老伯，记得给我父亲送个平安信！"

皎白驹的声音很轻，却稳稳灌入二人耳朵里，他说："放心。"

果然，有了皎白驹的隐身粉，青雀儿和乌聆牧王子一路狂奔，毫无阻碍。当渐渐接近了城门处，二人放缓步伐，但见今天的城门处把守格外森严，加增了比平时多数倍的兵士。足见得昨夜十九王子出逃，国王暴怒之情！

青雀儿听得耳边一阵叹泣声，她知道这是乌聆牧王子在感伤落泪。

"牧哥哥，我们快走！再耽搁便要前功尽弃了！你且放心，等找到那命定之人，便能解救你和你的兄弟了！"

事不宜迟，二人纵马疾行，一路冲过城门，遥遥破门而去！

而把守城门的兵士们面面相觑。他们分明清楚地听到了疾风声马蹄声，却一丝人影都未见着！

此时一直站立庭前的皎白驹露出了浅笑。他一声长唤，远空啾鸣,飞来一只青雀鸟,落在肩上。他把一张字条交给青雀鸟,上面只有一个字"安"。那雀儿用爪子紧紧钳了字条,皎白驹一甩袖:"去吧。"

青雀鸟便朝着将军府的方向徐徐而去……

第一章　高塔里的朵不花

乌聆牧和青雀儿径直出城,常年习练武艺的少年本就灵巧强健,再有皎白驹龙爪蘿丸的加持,纵然昼夜不息地赶路,也并不觉得十分饥饿疲倦。两个少年一路纵马疾行,直过了七个日夜,见沿途的风俗和衣饰皆与栖月国大不相同了,才渐渐缓下脚步。

"牧哥哥,已经出了栖月国之界,追兵们定不能到此拿人了。这就算是安全了。咱们歇歇脚,打听打听这里是哪一国哪一城?"

两人下马牵绳,偶尔在田地间、在荒原里、在熙熙攘攘的陌生街巷,遇上了一些面色和善的人,就停下马询问。

有时遇上的是在田里忙活的农夫,青雀儿便问:"大叔啊,你可知道这世上极美的人是谁?"

农夫并不停下手里的活儿,头也不回:"去去去,别问这些不管饥饱的傻话!谁能给我一日两顿饱饭,谁就是极美的人!"

有时遇上了树下养生的老者，面貌已饱经了岁月的磋磨，乌聆牧上前恭敬地行个礼："您这一生可曾见过极美的人？"

老者默默良久，好似堕入了渊深的回忆里，嘴角渐渐流出笑意……终究他一语未发。

有时遇上了略有些姿色的女娘，青雀儿笑着上前："姐姐呀，你见过极美的人是谁？"

女娘眉目生刺，朝青雀儿身上扎了一眼："哼，真是笑话！除了我，这世上难道还有更美的人？！"

有时遇上的是市井大汉，听到问"这世上极美的人是谁？"那汉子便嬉皮笑脸凑到青雀儿跟前："我看你这小妹子便生得极美……"

乌聆牧青雀儿双双气红了脸，青雀儿一抡马鞭，那大汉已抱了双脚跪地哀号……

他们一路走一路问，一天结束又是一天……

乌聆牧和青雀儿，一路快走，一路急问，又是三天三夜，经历过月起月落，来到了一座陌生的城寨门下，一位急匆匆赶路的青年，差点撞翻了正仰头望路的青雀儿。

"哎哟哟，这位大哥啊，走路莫要光是用脚，也得瞪大眼睛呀！"

"哦，抱歉抱歉。"那青年忙忙地敷衍两句，又埋着脑袋要走。

青雀儿嘴快，一迭声从背后喊住他："喂喂，急性子大哥，且停两步！"

青年一扭头，黑黝黝的脸庞甚是精干，他身上衣服簇新，松缓的衣袖下隐约露出结实的臂膀。

"这位小妹子，喊我什么事？"青年只得停下脚，很是不耐烦。

"哎，这位大哥，你这着急冒火的是要做什么？"

见那青年又要掉头走，青雀儿赶紧追着问："喂喂，你别急着跑啊！我们兄妹是远路来的客人，不熟悉这里的风俗。我是想问问，这是什么国，又是什么城？这里风俗如何？姑娘可美？"

直听到最后一句，青年脸上炸开了一波一波的笑，又带着些许不屑。

"哼，瞧你们衣着殊异，不像本地后生，想来是走了万水千山的旅人，大概也有些见闻，怎么不知这座城寨里有天底下最美的姑娘，只需一眼便能夺人性命！"

青年的话令乌聆牧和青雀儿心神一凛，两人交换了一个眼神，继而心里又有些犯嘀咕：一眼就夺人性命的美人……怕是这青年偏居一隅，没见过多少世面吧。

青雀儿便问："想来你是知道这世上极美的人是谁了？"

"当然！这世上最美的人，除了朵不花，还能有谁？！"青年的眼神遥遥飘向城寨中的一个方向，满目崇拜。好似人间凡夫仰望天上的神女，也让青雀儿和乌聆牧下了决心要随他一起入城。

两个人并着肩随青年一道往里走，顺路搭讪着聊起天来。

"我叫青雀儿，旁边是我的乌聆牧哥哥，这位大哥，怎么称呼你呢？"

"我叫孟古达。"

"你是自小就在这里生活吗？哦对了，孟古达哥哥，你还没告诉我们这是什么地方呢！"

"我并不生活在这个城寨，我是隔壁城中的土生子，不过我们都是这高塔国的子民。"

"高塔国？听这名字，难道是这里家家户户都住在高塔不成？"

经此一问，孟古达来了精神。

"我们的国家，有个久传至今的风俗，各家的女孩子满了十六岁，就要被父母送进那高塔之中，紧锁上塔门。若有青年爱慕这姑娘，就攀爬到塔顶，从顶口的窗户爬进去与姑娘成婚，结为夫妻。塔门这时候就可以打开了。若是没有男子能爬到塔顶，里面的姑娘便要被锁在塔里，永不许出！不知道是不是因为这个习俗，我们便世世代代叫高塔国了。"

青雀儿听着有趣："咦！这还真是稀奇！可是那塔得有多高呢？哎呀，若一直没有青年攀爬得上去，里面的姑娘岂不要终身落单？！"

"说是高塔，也不过只十来人高，对于中原疆土的青年确实为难。不过我们这里三面是山，世世代代攀山采果，即便小孩子也能爬山上树如走平地一般。上得十来人高的塔顶，并不为难。"

乌聆牧和青雀儿恍然明白:"原来如此!"

青雀儿冲着孟古达调皮一笑:"想来你刚刚说的那位一眼就夺人性命的姑娘,如今也是住在高塔里喽?"

孟古达黝黝的面庞竟飞起了一点点红,言语也扭捏起来。

"唉,那一眼就夺人性命的姑娘,这世上不会有谁比她更美!想想朵不花妹妹啊,如今已在塔中住了三年……"

"什么?!三年还没有青年能爬到她的塔顶?!这一届的小伙子未免太逊了吧!"

孟古达眉头一皱:"是啊,三年了!说来也奇了,塔是一样的塔,都是石头砌就,偏偏就朵不花的塔无人爬得上去。他们总是在快要爬到塔顶的时候仰身摔下!为了求娶朵不花,至今已有八十个青年送了性命……"

青雀儿惊得说不出话来!

乌聆牧上下一番打量:"我说孟古达,你不会也是来向朵不花求婚的吧?!"

孟古达眼神对上他的,重重点头:"当然是了!"

青雀儿惊呼:"孟古达哥哥!不是说前边已经摔死了八十个吗?你怎么还敢?!"

孟古达慢下脚步:"我五年前见过朵不花,在春日节的集市上。春集上百花竞艳,看得人眼花缭乱。此时,朵不花出现了,那一刻我只觉得呼吸都停住了!我这一生啊,见过百花,无一胜她!那时起我就立下誓言,今生若要娶妻,只娶朵不花!"

青雀儿倒吸了一口凉气:这人定是疯魔了!

孟古达紧接着说:"你们莫要觉得我是疯子啊!我是采药人,

祖传的绝技，最擅攀山，不论峭壁的灵芝还是覆冰的雪莲，都采到过不少。想来住着朵不花的高塔，总不会比那湿滑的冰雪地、陡峭的悬崖岸更难到达吧？"

乌聆牧和青雀儿至此深信：这朵不花，定是世间稀有的美人！

果然，等他们把这想法稍稍一露，孟古达的话匣子就收不住了。

朵不花，是这高塔国最美的姑娘。用孟古达的话说，那天的覆盖处、那地的延展处，但凡月亮太阳能照射到的地方，绝找不出第二个更美的姑娘了！这姑娘的容貌如何形容呢？就拿这春日开得最艳烈的山茶花来说，粉白艳红能羞煞美人脸，可还在幼年时的她从山茶花间走过，那开得正酣的花朵便一片片折枝堕地。城寨里的邻里因此送了她这个名字：朵不花。

"朵不花啊，一年美过一年。如今她已十九岁，天地之间，除了日月星辰，便是她最耀眼！"

听到这儿，乌聆牧和青雀儿已经心如汤沸了：难道，世间极美之人，竟在这高塔国中？！

"走！快走！我们入城去！"

入了城寨，日已将沉。三人得先找个地方落宿一夜，养足精神去会朵不花。他们在一户人家门前止住了脚步，这小院围墙低矮，院内干净规整，堆着各式木器，里面小小三两房舍，一个老人正从屋里走出来，青雀儿顺势隔着低矮的院墙问道："喂，老伯，我们兄妹三人从远处来，要往更远处去，恰巧经过这城里。看您这院子清爽敞阔,想借宿一夜,歇歇脚力再上路。不知可方便不方便?"

老伯开门出来,上下打量了他们几番,未置可否。

乌聆牧王子便向腰兜里掏出些银钱递了过去。老伯思量片刻,说:"好吧,随我进来吧。你们大概也饿了,我拿这钱去给你们买些吃食来。"

老伯是做木雕花的手艺人,家里排行第七,同辈的唤他阿七,晚辈们就喊他"阿七伯"。阿七伯把三人安顿好,又出门买了饭食,都是些味美的甜饭和腊味。乌聆牧和青雀儿吃过皎白驹的龙爪薤丸,虽腹中并不饥饿难忍,但一连多日没摸到过可口的饭食,见了这些,也香香甜甜吃了一些。只有孟古达,虽也吃着,却一副神魂不曾归位的样子。

青雀儿杵一杵他胳膊:"孟古达哥哥,你多吃些呀。不吃饱肚子,明天怎么有力气能爬得高塔娶到朵不花?!"

一听到"朵不花"三字,蹲在门口雕刻木头的阿七伯停下了手里的活儿,他扭过头,来回看着三个年轻人,最后眼神落在孟古达身上:"怎么,愣小子,你也是来求娶朵不花的?"

"正是,阿七伯。"

"唉,八十一个了。"

阿七伯一脸惋惜的样子,嘴里嘟嘟囔囔:"要是早个二十年,没准儿我也会像你们这些毛头小子一样搏命。可到了这把年纪再想想,人美人丑不过一张皮相,心里若藏着毒,纵使面貌比山花还美又能怎样?!"

乌聆牧一听就凑了过来:"阿七伯,你一直在这城寨里住着,可亲见过之前那八十个青年吗？"

阿七伯低下头，颓声说："怎么会没见过，其中就有我那不争气的儿子！我六把锁都没锁住他啊！若不是他装病偷跑出去，又怎会摔死在朵不花那妖女的塔下？！我婆娘一悲之下倒真是病倒了，不出几个月，也跟着那不争气的儿子去了！"

说到此处，阿七伯哽咽了。

三个青年这才意识到，此处院落敞亮，却只阿七伯一人所居。心下顿时明白了。

大家沉默许久，最后还是乌聆牧提议："阿七伯，带我们去朵不花的塔下看看吧。"

阿七伯并未推辞："也罢！你们这些不知天高地厚的愣小子啊！去那里看看，好让你们死心。"

四人出门时，太阳已经沉下山去，这高塔国白昼更长，虽无日光，却也天光亮堂。老伯引着三个青年朝城西边走，青雀儿远远望着一丛丛灰黑的石头高塔似在目前，她跳着脚指指点点："看！那里！好多好多高塔，里面是不是就有朵不花？"

阿七伯只是垂着头走路，一语不答。

眼前高塔越来越近，天色也比刚才出门时略暗了一些。一个约莫十三四岁的小姑娘迎面走来："阿七伯，这是去哪儿？"

"朵家姑娘啊！嗯，去塔下转转。"

三人闻声一抬眼，乌聆牧和青雀儿俱是一惊。

眼前这小姑娘星星一般的眼眸，杜鹃仿似的腮颊，美得像三月三的天!

青雀儿盯着她看了好半天,心中羡慕不已。

乌聆牧也暗自一叹:这小姑娘真比父亲最宠爱的萱夫人还要美上几分!

原已渐沉的天色,因这小姑娘艳光一闪,明媚了许多。

小姑娘简单打过招呼,随便看了三个陌生人一眼,也并未再说什么,径直就走过去了。

看着她背影已远,三个青年才回过神来。青雀儿扯着袖子急问阿七伯:"才刚你叫她朵家姑娘!难道她就是朵不花?!咦咦,不对啊,朵不花不是正锁在塔里吗?"

"她哪里是朵不花!她是朵不花的妹妹,叫朵一香。"

"难怪啊!她真是美,我还从没见过这么好看的小姑娘呢!她的姐姐朵不花,也一定跟她一样漂亮吧?"

听闻此言,青年孟古达先是露出了鄙夷的神情。

阿七伯虽不情愿,却也说:"论起相貌,朵一香在这城中也算出色的姑娘了。可要跟她的姐姐比,便只配做伺候朵不花洗脸梳头的仆女。"

这话孟古达极是认可。

乌聆牧和青雀儿倒吸了一口凉气:这朵不花,到底是妖是仙?

接下来四人一路沉默,各有心思。大概两盏茶工夫,来到了朵不花的塔下。月亮升上来了,天色被月光映得黯沉,座座接天高塔林立眼前,每座里面都有一位待嫁的少女。三个青年一眼就辨识出了朵不花所在的那一处。——那座高塔外观看起来与其他的并无殊异，唯有塔底累累白骨，触目惊心！月色被白骨衬得凄冷，青雀儿一个寒颤，抬眼望向青年孟古达，见他眉头紧锁，牢牢盯住塔顶的窗口处。

"走吧，看也看到了，就是这样。"

阿七伯转身迈步离开。乌聆牧王子和青雀儿自然也就跟上，只有孟古达久久不肯挪步。青雀儿回头去拽他："走吧，孟古达哥哥，我们回去再细细商议。"

就在几人离身的那一瞬，似有一道艳光从塔顶窗口处闪出，三个青年忙又回身抬眼望，窗口依旧如昔，空空无物。

"走吧，走吧。"

这晚，四个人团坐一起，气氛沉重得像黑夜里的群山。

最后还是阿七伯说："你们也看到了，那些白骨，都是些异乡客，他们死在朵不花的塔下，连尸骨也无人收殓。年轻人啊，你有大好的光景，也总会再遇到心爱的姑娘，何必非要送了性命？！"

孟古达面色沉郁，决心丝毫未减："阿七伯，我跟那八十个不一样。我自小攀山走岩，多险的山峰都不在话下。才刚也看了朵不花的那座塔，并不比我每日攀爬的险山陡峭多少。"

"傻孩子啊！你怎会知道，真正害人性命的不是那高塔啊！你们以为那死去的八十个青年都是病秧弱草吗？他们个个身强体健，其中也不乏攀山能手。只是朵不花那妖女子，她是有心要害人性命！她偏等那些青年将要爬到塔顶时，站在窗口处，把她那妖花一般的脸蛋露出来,冲那青年一笑,就这一笑,鬼魅至极,能乱人心神,心神一乱,就坠下塔来。朵不花那妖女啊,十足是恶魔派来的杀手!她绝不会在你刚爬至半腰时露面,她若露面,定要在你能结结实实摔死的高度上!那八十个青年,无不是被这一笑夺去了性命!"

孟古达想了想又说:"那我便不看她,无论如何都不看她!"

"你如何能不看她?那妖女自有一万种法子撩你眼、乱你心!恶魔一般的朵不花啊,她比你能想象到的还要更毒上十分!"

乌聆牧和青雀儿此刻一对视,心口都像压了块大石。经过了这一晚,二人心中笃定,朵不花,定然就是这世间至美之人。她就在那高高的塔尖上,却不能见到她的真容,更无法带她到栖月国。这实在是让人焦心极了!

不管阿七伯如何劝说,孟古达仍是吞了秤砣铁了心:"莫要再劝了,我明天必定要去求娶朵不花!即便和那八十个一样粉身碎骨,也不改初心!"

"唉,孩子啊,你这又是何必呢!"

阿七伯眼中一阵阵无望,连声叹气。

"阿七伯,你不知道,我见到朵不花的那一天,内心是多么地惊涛骇浪!我竟不知世间还能有这样的女人,她美过天山的雪莲,美过救人性命的灵芝。见识过这么美丽的朵不花之后,又如何能再与平平常常的女人去过那普通日子?!我这条命啊,就算是交到朵不花手上也无妨了!"

三人愣愣地看着孟古达,久久无话。

青雀儿摘下脖项间的红色丝绸领巾递给孟古达："人常说眼观六路最易分神，明天你用这个蒙住眼睛。纵然朵不花想耍什么招术，你看不见她，只顾专心攀爬便是。"

孟古达接下领巾："谢谢你，青雀儿妹妹。"

"孟古达哥哥，我和乌聆牧哥哥也帮不上什么忙，但会在旁为你祈祷，愿你平安，愿你事成。"

四人说罢，略合了一合眼，便已是天亮了。阿七伯又备下了饭食，此时他已不再劝孟古达回头的话了，只是惋惜地看着他，让他多吃些。

吃过晨饭，三人便要出门了。

青雀儿问："阿七伯不跟我们一起去吗？"

阿七伯摆摆手，示意他们三人走吧。

三个青年也不勉强，出了大门，照着昨晚阿七伯带路的方向，径直朝朵不花的塔下走去。

直到日头升至天空最高处，院门咣啷啷被撞开了。阿七伯迎出房门，只有乌聆牧和青雀儿两个人回来。乌聆牧垂着头，青雀儿挂着泪，阿七伯已猜到了八九分。他也没说什么，叹了口气又坐回屋里去，继续摆弄他的木头活儿。

青雀儿往凳子上一歪，嘤嘤抽泣起来："阿七伯，孟古达哥哥死了！真是、真是该听你的话啊！如今枉送了性命！"

阿七伯停下手里的活儿，听青雀儿说起详情来。

这一天，高塔国和往常一样，无云有日，天色大晴。采药人孟古达信心满满来到朵不花的塔下。他先在塔下凝望了许久，一声嘶吼："朵不花，你等我来！"

他系上了青雀儿赠与的红绸带，跃身向塔顶攀去。青雀儿一眼不落地紧盯住他向上的身影，拳头握紧的是满满两汪汗水。站在她身边的王子乌聆牧，更是紧张得汗不敢出。

孟古达身姿果然矫健，眼蒙红绸，专心向上，无受外物干扰，一步步接近塔顶。此时连青雀儿也暗赞自己这法子好！不到一盏茶工夫，孟古达就要接近塔顶了，青雀儿和乌聆牧心里几乎就要欢喜地喊叫起来！

就在此时，猛听得一声凄厉的鸣啾，但见一只黑足鸢横空而来，它有力的翅羽照着孟古达迎头一扫，青雀儿和乌聆牧疾声惊呼："当心！"

塔壁上的孟古达不提防被这一扫翅，一个趔趄滑身而坠，直至滑落到塔身半腰处，又牢牢地扣住了石壁！接着他继续向上，青雀儿才刚几乎吓出泪来，这会儿才略一松心："天神啊！保佑！"

可乌聆牧觉出了不对："糟糕！红绸带被扑落了！"

此刻的孟古达已经再次慢慢地接近了塔顶，他的双手已被塔壁磨去了硬皮，露出了血肉，每向上一步，都留下一片腥气的血印。朵不花的塔壁上，早已覆遍了斑斑血色，干了再覆，覆了再干，这上面足有八十个青年的血和命！

乌聆牧和青雀儿紧张得连祈求神灵都记不得了，脑袋里一片空白,两个人的手紧紧攥在一起,这一刻生死攸关!

就在孟古达又将要接近塔顶的时候,青雀儿忽觉得日色一阵斑斓晃眼,直晃得人有些眼晕:"不好!朵不花出来了!"

他们距离塔顶太远,看不清那塔中人的脸庞,只觉得那女人一露面,天色都失了光彩。青雀儿疯了一般朝塔顶喊去:"孟古达,不要看她!不要看她!啊!孟古达……"

和之前的八十个青年一样,孟古达没能抵得过朵不花那一眼。他仰身坠落,嘴角噙着笑死在了乌聆牧和青雀儿的面前。

青雀儿再朝塔顶望去,窗口已空空无人。

听青雀儿抽抽搭搭讲完了经过,阿七伯说:"那黑足鸢是朵不花养大的,平日里用最烈的酒糟掺了肉喂它,极是认主,且乖戾凶悍。我们这里的姑娘十六岁进入高塔,父母会在塔里备下两三月的口粮,够她们在里面过一段日子的。最多不过百日,总有青年会求娶成功。这朵不花竟能在这塔里活过了三年,就赖于这黑足鸢每日衔了野果山珍来供养她。"

其他的,阿七伯就不再多说了,大概是见了太多送命的青年,已经说不出新鲜的安慰话来了。他起身说去备些饭食,让两人吃了好赶路。

青雀儿摇头:"可是不行啊!我们必须见到朵不花!"

乌聆牧和青雀儿继续在阿七伯家住了下来。他们埋葬了孟古达,又去找朵不花的家里人商量,看能否放他们去塔中见一见朵不花。

"我们从遥远的栖月国来,有极要紧的事情必须见到朵不花!这关系到我兄弟十几人的性命!或许只有朵不花可救我栖月国啊!"

朵不花父亲早亡,只有母亲带着她和妹妹度日。妹妹朵一香在外间纺布,朵不花的母亲编着筐子,一声不吭。二人话已说尽,这对母女埋了头一句不答,朵一香就站起身来请他们出门:"你们快离开这里吧,别再想着要打开塔门见姐姐的事了!这不是我和母亲决定得了的!高塔国世世代代如此,一人坏了规矩,会受全族的惩罚,恐怕我们母女三人的性命都会断送!"

青雀儿又问:"是否还有别的法子见到你姐姐?"

朵一香摆摆手:"姐姐的性情与常人绝不相同,我和母亲都摸不准她,确实帮不上什么。"

说罢朵一香关了院门,闪身进屋,任他们如何呼唤也再不肯出来了。

当晚,月亮升到山的最高处,青雀儿推开了房门。乌聆牧就坐在院子中央,瞧他的眼角隐隐有泪光。青雀儿仰望天空,月亮渐渐饱满了起来,不出几日,又该是月圆夜了,不知栖月国里又是哪位王子惨死刀下!

青雀儿轻轻唤了一声"牧哥哥",乌聆牧并未扭头看她:"我真是个最无用之人!或许我就不应逃走,该和哥哥弟弟们一样,承受父王的屠刀。"

"别这么说,我们总有办法。或许明早醒来,事情就能解决了。"

青雀儿的心里,暗暗定下了念头。

天色一白,已不见了青雀儿的身影。乌聆牧里里外外唤了几声"青雀儿妹妹",没人应答。阿七伯说:"小姑娘别是跑出去玩耍了吧?"

乌聆牧心下一紧:"哎呀!她必是去找朵不花了!"

"她一个小姑娘,找朵不花做什么?难不成她也要娶朵不花做老婆?"

阿七伯并不信乌聆牧的说法。

"阿七伯,我来不及跟你细说了。总之,我们要找朵不花,无关男女之事,也并非求娶于她!不行,得赶紧去塔边看看!天神保佑,这犟妮子可别做傻事啊!"

乌聆牧疾步出门,阿七伯也紧紧跟了出来。当他们看得到高塔的时候,耳边就不断传来过路行人的嘀咕声。

"真是天大的奇闻啊,竟有个小姑娘来求娶朵不花!"

"朵不花这个辣毒的妖女,真要嫁给个女人也是她活该!"

"只可惜了那小姑娘,也是漂漂亮亮的模样,恐怕也得像那些青年一样摔死不可。"

……

听着行人的议论,乌聆牧心如火烧,埋着头就往朵不花的塔边跑!

朵不花的塔下早已围满了人,先前那八十一个青年,没谁能让城寨里的百姓有这样的兴趣。男婚女嫁理所当然，小伙求娶姑娘再正常不过，可三年之中，八十一个青年死在了朵不花的塔下，朵不花早已成了这城寨中的"妖魔"。

"上天可不就派了降魔童女来收拾朵不花这妖女了！"

"瞧这小姑娘身量单薄，比咱们这里最纤弱的姑娘也差不多少，她这不是来送命的嘛！"

"女子怎会求娶女子？这小姑娘别又是个妖异的吧？！"

"以妖制妖才是绝配！"

"天神保佑！今天可彻底根除了朵不花这妖女吧！"

……

城中人七嘴八舌说什么的都有，青雀儿并不理会。她穿一身紧俏俏的骑马服，割短的头发用缎带高高束起。手里握着七宝腰刀。青雀儿手一叉腰，神气洋洋冲着顶窗高喊："朵不花，你在里面待了三年，此刻便是你出塔的日子了！今天我要爬上你的窗口，做你的夫郎！之前八十一个青年个个英俊健壮，偏偏是你作怪毁了他们性命。也罢，看来你注定是要嫁个女人，无法生儿育女，无人祭拜收殓，这些都是你咎由自取！朵不花你且听好，那八十一个青年会被你迷惑心魂，皆因他们是男人。可我同为女子，绝不会被你迷惑！好好，朵不花，今晚你准备好做我的新娘吧！"

青雀儿纵身上塔，打起十二分精神来仔细攀爬。栖月国皆是平原沃土，国人并不擅长攀援，要爬上这与山齐高的塔顶，并非易事。于是她每爬一步，手里的七宝腰刀便牢牢插进石壁一次，以作支撑。乌聆牧和阿七伯赶到的时候，青雀儿已然爬到了塔的半腰处。乌聆牧急得眼泪都要下来了，就要上前唤她，被阿七伯一把拦住："这时候一喊，准会惊着。这姑娘杜鹃花一样的身子骨，就算半塔之高，摔下来也准丢上半条命！"

乌聆牧急得无法，不好上前阻拦，又不敢高声呼喊，直把自己的大腿掐了又掐。

及至青雀儿越爬越高，塔下围观的众人连声响都不敢出了，直剌剌仰着脑袋，个个手心里攥满了汗。此刻青雀儿已经攀到塔窗之下了，三日前，采药人孟古达便是在这个位置上，为突然闪出的朵不花送了性命。塔下众人和乌聆牧一样，眼睛一刻都不敢眨。塔壁上的青雀儿定了定神，她必得冷静！握了握手中的七宝腰刀，她闭上眼睛，准备最后的冲刺，生死在此一刻！

"既然你这么想娶我，那就进来吧。"

耳边传来一个冷冷的声音，音调虽是甜美的，却有一股彻骨的寒意。青雀儿微微半睁开眼，窗边隐约一个少女的形象，模糊间已是曼妙无比。她壮着胆子渐渐大睁开眼睛，却见那少女是背对着她的，惊世的姿容深深埋在高塔的阴影里。

终于，青雀儿鼓足力气一跃，纵身跳进了塔窗里！

此刻塔下众人像是炸开了的油锅，人声沸了一地！乌聆牧心下一松，忽地瘫坐在地上，放声号啕起来！

当青雀儿真正站到了朵不花的面前，心里头冒出的第一个念头竟是：男人啊，实在太不懂得赞美女人了！

这朵不花，比阿七伯，比孟古达，比所有人嘴里的模样，更要艳丽上百倍千倍！她那娇柔的皮肤，好似雪珠滑下雪莲花瓣，她那流转的眼眸如同群星点缀在中天，她的红唇足令百花羞愧，她随意伸展的手指，都像珍珠抚过玉石，还有她的乌黑的长发映着粉白的耳垂、纤袅的身姿婉转如诗……青雀儿用手重重地拍拍自己的小脑袋，早已忘记了先前对朵不花种种妖异事迹的咒骂，此刻她只是一脸沮丧："啊呀，我这个不争气的！就是不肯跟着师傅好好念书，如今想找些贴切的词来形容你都形容不出！这位姐姐，你真的是，真的是……真的是美得让人疯掉啊！"

想来是早已听过太多奉承话，朵不花也未表现出十分受用的样子。她只说："好吧，现在你爬进了我的高塔，照规矩，你就是我的丈夫了。"

她一双妙目盯住青雀儿，看她如何反应。

青雀儿连连摆手："朵不花姐姐，你千万莫要想歪了，我上塔来，并非是想做你的丈夫。你想啊，两个女子又如何生儿育女！我搏命来塔里见你，是有一桩关乎性命的事情来请教你！"

"性命？哼！"朵不花把下巴往窗外一点，"那塔下断送的性命多了去了，关乎性命的事，与我何干？！"

两个女孩正说话间，塔底处人声喧动，是族长命人开了塔门。闹闹嚷嚷的众人挤上塔来："朵不花啊朵不花，族长听闻有个小姑娘爬上了你的高塔，今日便是你成婚出嫁日！快准备好做她的新娘吧！"

众人闹嚷声中带着揶揄嘲讽，更有那些因朵不花失去了亲人的城民，眼中尽是万般解恨！是啊是啊，毒辣的妖女朵不花，害了八十一条性命，今朝得报，挑了个女人做丈夫，今生注定无后可继！

朵不花并不沮丧："是的，我今晚就要成婚。这位小姑娘，便是我的丈夫！"

青雀儿还未来得及辩解，便被众人簇拥着去做准备了。大家在她耳边嘀嘀咕咕："小妹子啊，你可要当心，给妖女朵不花做丈夫，将来的险事还多着呢！"

青雀儿稀里糊涂做了朵不花的丈夫，虽然她们的婚姻并未受到大家的祝福。城寨里的人，个个脸上挂满了嫉妒。男人们嫉妒青雀儿，一个半大孩子似的毛脚丫头，竟然爬上了朵不花的高塔！女人们嫉恨朵不花，只要有这妖女在场，自家丈夫的眼神永远都黏在她身上！

这一段仓促而成的婚礼，在众人幸灾乐祸和冷嘲热讽中开始了。她们的婚仪并不盛大，新人身上照样还穿着旧时的衣裳，大伙儿循着旧例绕着高塔歌唱，累累的白骨还堆在一旁。在月亮底下，众人把歌谣唱了一遍又一遍。

在那山的西边啊，有朵人间最美的花。
她比花还美，她比星还亮，她比冰还冷，她比火还烈，她是人间的朵不花。
她的美丽与邪恶，你无法评说。
朵不花啊朵不花，她今天就要做嫁娘。

新嫁娘啊新嫁娘,她的夫婿是个女郎。

……

青雀儿被这人声烦得要命,远远看见乌聆牧在人群之外,他想上前跟她说上几句话,却屡屡被众人挤在一旁。青雀儿又斜眼去看一旁的新娘朵不花,她神态自若,不欢笑也不悲戚,眼神飘向很远的地方,只有肩上落着的黑足鸢机警地注视着四方。

当月到中天的时候,人群渐渐散去了,高塔边剩了青雀儿和朵不花。

青雀儿对朵不花说:"朵不花姐姐,十分抱歉。我要爬上塔顶,并不是为了娶你做新娘,我们是想请你帮个忙。"

朵不花侧过头,声音清冷:"什么忙?"

青雀儿便试探着问:"你,你可知道我和乌聆牧哥哥会来找你?"

朵不花一声冷笑:"你问得实在没头没脑,我正像平日一样端坐在塔中,谁知道你们为何事要来找我?!"

青雀儿泄气一叹,不远处的乌聆牧王子,比她的失落更甚。

既然青雀儿如此问了,朵不花便要她把来意说个清楚。青雀儿只好大略说了个来龙去脉,最后叹气:"算了,看来是我们找错了人了。可是为什么呢?明明朵不花姐姐你那么美,我不信这世间还会有比你更美的人了……"

青雀儿虽然百思不得其解,也只好起身:"既然如此,我们就要走了。朵不花姐姐,不管怎么说,也要谢谢你的帮忙了。"

"慢着!"

刚起身要走的青雀儿,被朵不花喊住了。

"我既然嫁了你,当然要跟你一起走。"

这下青雀儿倒"扑哧"笑出了声来。

"朵不花姐姐啊,虽然我今日是唐突了,可你也知道,咱们两个女娃儿结什么婚姻?这纯是场儿戏啊!"

"笑话!你既然爬上了我的塔顶,便一定要带我出这城门!你放心,出得城去,你归你,我归我,各走各路便好!"

"为何非要我带你出这城门?"

"这高塔国的风俗,女人除非是随丈夫远行,否则是不可随意出城的。若被抓住,必受族刑。"

"哦,原来你是想出城去,才愿意嫁与我做妻子?"

"否则嫁与你这样的小妮子干甚?!"

"可是,出了城,你要去哪里呢?"

"三十里外有个极隐蔽的水潭,能解世间一切牢狱之苦,我便要去那里。"

"能解一切牢狱之苦?姐姐你莫骗人,世间怎会有这样的神仙去处?!"

"你去看看便知。"

青雀儿终究是按捺不住好奇心:"也罢!既然这事因我而起,便送你一程吧。"

朵不花终于一笑。艳媚的笑颜流连在月光下,连同为女子的青雀儿都看得呆住了,以至于多年后再想起这晚的朵不花,只感慨，美人再难寻……

进城时是两人两马，出城时却多了一个朵不花。朵不花与青雀儿同乘一马，半空处是黑足鸢一路紧随，他们趁着即将亮起来的天色一刻不停地赶路。照着朵不花的指引，往山的南边飞驰。因为并不熟悉路途，他们一边赶路一边询问，终于在天色大亮时，找到了朵不花要来的地方。

这里一片深潭浅潭相连，深得一眼望不到底，浅的一眼就见上下。朵不花奔到水边，一潭一潭地寻找起来。青雀儿和乌聆牧王子看得奇怪，搞不懂她到底在找什么。

"朵不花姐姐，我看这些潭水虽然清冽，却也平常，它到底哪里能解牢狱之苦？"

"我要找水有五色的那一潭。"

青雀儿和乌聆牧王子安置好了马儿，也一潭一潭地跟着朵不花找起来。直找到最挨近林边的极微小清浅的一潭，被长长的密草掩着，几乎错过了。当他们把密草捋开，露出浅浅一泊，那水光泛着淡淡的彩，似有五色。

朵不花便跪坐在这水前，目光沉着。

"我从小便生得这番模样，为此不知受了多少的苦楚。"朵不花声调幽游，"这城中人人皆不能平心待我，男人爱我姿色，个个想据为己有，女人恨我美貌，人前人后地咒骂我。连我的亲生母亲同胞妹妹，也视我为祸患、待我冷淡。那塔下死去的八十一个青年，都说爱慕鲜花一般的我，若我没有这样一张面孔，谁又会多看我一眼？！因为这个容貌，我从来都不是我。"

"美貌是女人的牢狱，它让人以为你只有美貌！"

青雀儿着实不解："有你这样的容貌，已是人世间最大的幸运了！"

朵不花摇头："小妹子，我才羡慕你呢！你有胆气，又快活，漂亮得刚刚好，我只想成为这样的女子。偏因这容貌，被世人视为妖异！"

朵不花直了直腰："我要谢谢你们。如若不是你们的帮忙，我今时今日，万不能摆脱这美貌的牢狱。"

二人听不懂她这话的意思。

"你们可知道这五色潭水的奇处？"朵不花一笑。

原来，这五色潭原是上古的智者为遗落在人间的弟子所设，若有了难解的烦恼，便来到此处，向天神祈愿，洗去自己的忧愁。后来一些消息灵通的高塔国子民悄悄获知了这个秘密，也学智者弟子的模样来到这浅潭前洗去烦忧，每每灵验。千百年来，虽只是悄悄流传着，但知道的人越来越多，洗落的烦忧也越来越多，潭水便越来越微浅了。

虽然朵不花说得如此笃定，青雀儿和乌聆牧王子仍是不信的。

"若有一洗便消愁虑的去处，世人还读书上进、习武勤兵作甚？"

朵不花冷冷一笑，并不解释。她只是自语道："天神在上，既然这五色潭能让一切烦恼黯淡，就请消去我这容貌之牢狱吧。"

说着朵不花已把那张粉白鲜红的面庞深深埋进了潭水中，等她扬起脸来，抹干水珠，原本毫不信邪的青雀儿和乌聆牧也着实惊着了：那张艳丽无匹的脸蛋，竟清淡了许多！

他们眨了眨眼，闭上，再睁开，没错儿，确实是减了三分颜色！

朵不花就着潭水一照影，颇为满意："嗯，是好些了。可还应该更好些。"

又再度把脸埋进了水中。

朵不花接连三次在潭水中濯洗脸颊，当她第三次把脸上的水珠抹拭干净时，青雀儿和乌聆牧已经惊讶到无法言语了。

天哪！刚刚那个姿容绝世的美人不见了，如今面前站着的，是一个略有颜色、清淡如露的姑娘！再看她脚下那泊五色潭水，此时水光鲜丽，如虹般艳彩！

朵不花止不住地照着潭水打量自己的新样貌，那神情实在是满意得不得了！

"小妹子，怎样？我的新面庞看着可还顺眼？"

青雀儿实不知该如何作答。论漂亮，不及她曾经三分的美，但此刻清清秀秀的朵不花在侧，竟让青雀儿心生出几分亲近。可见，过分的美貌，也如手握兵刃，令人不敢近前。

青雀儿真心实意地说："朵不花姐姐啊！之前的你是艳花枝头正酣，此刻的你像清露生在了月光下。之前你是花中的王者，如今是邻家的姐姐，要说哪个更可心，我实实在在分辨不出！"

朵不花莞尔,正待要起身离开,又停下了脚步,定定地望着脚下潋滟非常的潭水,露出一抹带着狠意的冷笑。她从随身的兜袋里翻出一个裹包,一揭开,刺鼻的味道袭面而来。不善饮酒的乌聆牧和青雀儿也知,那是最浓香烈口的酒曲。朵不花猛地将酒曲全丢进了五色潭水中,顿时酒香铺散冲至半空,久已立足一旁的黑足鸢一声啾鸣振翅,落在了朵不花张开的臂膀上。她俯下脑袋对着黑足鸢嘀咕了几句,说的是什么,旁人听不明白,但见黑足鸢又再振翅,朝着四方啾鸣不止!

青雀儿和乌聆牧来不及阻拦:"你这是做什么……"

话未说完,只见天色忽地暗下来,似是乌云遮蔽了日头,仔细看,竟然黑压压数不清的鸢鸟四面而来,它们鸣叫着袭空振翅,齐聚到潭边,餍足不止地啄饮着潭中美酒,只片刻而已,五色的洗忧潭水已空空见底。酒足的鸢鸟们嘶吼着渐次散去。

望着空空的潭底,青雀儿也愠怒了:"怎么能这么干呢?这简直是喝完水填井,吃饱饭砸锅啊!"

朵不花冷冷一笑,丝毫不理会她:"这高塔国人蠢钝愚昧,就该生生世世烦恼丛生,再无解处!这,便是我今日出塔,送他们的大礼!你又何必替他们恼恨,若有一天他们能生出智慧之心,自然也用不上这解忧的潭水了!"

青雀儿和乌聆牧对视一眼,俱是愤愤无奈。

此刻朵不花要告辞了,肩上落着她自小养大的黑足鸢。

青雀儿虽是不满她的做法,却也有些担心:"如今你愿望也实现了,接着要去哪里呢?"

朵不花倒是洒脱:"我要朝着有人的地方去了,随便找个风俗不坏的城寨住下来。我父亲曾是城里最好的酿酒师傅,自我小时候起,就跟着他学制曲。凭我的手艺,不愁养不活自己。说不定将来还会遇到喜欢的青年,他也会喜欢我的性情,喜欢我的歌声,不仅仅是喜欢我这张脸。那我便嫁他,生育子女。我走到哪里,再不用被人指指点点,那时候,我才活得舒心哪!"

青雀儿和乌聆牧公子也相信,以朵不花的狠辣和智慧,定会有好的前景。告别之际,朵不花说:"我虽不是你们要找的人,但幼年时曾听闻,高塔国往北八百里,有片最茂密的森林。里面住着个极聪明的姑娘,虽然她容貌并不漂亮,却拥有令所有女人羡慕的智慧,我做梦都想成为她那样的姑娘。你们不妨去找找看,或许她能解答你们的疑惑。"

"哦?!"青雀儿和乌聆牧同时惊呼起来,"我们定是要去找找看的!"

"她的名字叫甘白薇。"

原本已没了头绪的青雀儿和乌聆牧,又再升腾起希望:"走!去找甘白薇!"

朵不花的故事,告一段落了。青雀儿和乌聆牧从此再没见过她。有时候谈起来,青雀儿会挠头:"牧哥哥,你说如果当初咱们也在那五色潭中洗上一洗,是不是你那烦恼也可化解呢?"

乌聆牧沉默,想不出答案。

青雀儿心想:高塔国人说得也对,朵不花确实是有些妖毒之气在身上的。

不知挣脱了容貌牢狱的朵不花,是否过得开心?

她暂且无暇想得太多,月圆之夜还会如常到来,栖月国的王子们还在等待破解魔咒之人。他们勒紧了缰绳,朝着向西的密林奔去!

第二章　森林里来的甘白薇

照着朵不花的指引,一路摸索着探问着,乌聆牧和青雀儿足足赶了三四天的路程,才终于来到了一座密林前。林子里各色飞鸟自在穿梭,并不见人来人往的痕迹。

乌聆牧拉住要往前行的青雀儿:"莫要再贸然向前了,不知会不会有野兽出没。"

青雀儿觉得有理,便止住了脚。寻思了一会儿,又侧着脑袋试了试风吹向哪边,这才捡拾了一堆枯枝叶用火石燃起来。那烟气渐渐高升,顺着风的方向朝着林子深处袅袅散去。

乌聆牧和青雀儿围住火堆坐下来歇着,一面把手覆在上面烤烤火气,一面静静地观望等待。渐渐听见密林处有声音响动,开始并不真切,随着火气越来越暖,那些声响也逐渐清朗起来,似有小鹿的跑跳声,又有飞鸟的腾翅声……

"喂,哪里来的野小子狂丫头!着实无礼,竟在林子里点起火来!"

二人一回头,一个四五十岁模样的妇人站在跟前,她布衣简饰，面阔口大，眼里怒气腾腾，最奇的是，随着她胸中怒火燃起，原本一蓬棕褐色的虬发竟变得炭一般红。

青雀儿一声惊呼"哇啊！"直到被蹙眉的乌聆牧敲了敲胳膊肘才意识到自己失了礼仪。

她先是赔了礼，随即又机灵地笑着说："若是没有烟火燃起，如何能引来神仙婶婶你呢？"

那女人听着青雀儿脆生生的赔礼话，又见她举手投足落落大方，火气已消了大半，发色缓缓暗了下来："嘻，这丫头倒真机灵，不比甘白薇差几分。"

一听"甘白薇"的名字，青雀儿和乌聆牧俱是一惊。

"啊呀婶婶，你可认识甘白薇？"

"嗯，她在我这里住了几年。"

"啊呀！我们正是来找甘白薇的！她这会儿可在吗？"

"她早已不住在这里。此刻正在离这儿很远的都城了。"

青雀儿和乌聆牧听了好一阵泄气！

那女人来回看了看对面那两张失望的脸："也罢，已经这个时辰了，你们就先跟我回去凑合一夜吧。这方圆十里没有人烟，离了我这儿，今晚可找不到落宿的地方了。"

青雀儿和乌聆牧巴不得跟了她走，正好打听甘白薇的事情。

这女人名叫辣木霜，此时便引着二人朝自己密林处的家里走去。

到了辣木霜的木屋里，乌聆牧和青雀儿说明了来意。

"听说甘白薇是极聪明的女人，想来她知晓能救我栖月国的人是谁！"

辣木霜摇摇头："甘白薇脑子虽然聪明，但我知道她并帮不上你们什么。不过，若你们想听听甘白薇的故事，我倒可以说给你们。反正这林子里的夜也格外长……"

甘白薇走出森林，一路来到城里。这里是鸠尾国最繁华的城市，因在都城以南，名为南鸠城。城主骏德十分精明能干，深受城中百姓爱戴。尤其妙的是：正逢华年，尚未娶妻。

甘白薇一直走到城主府宅的大门口，她对守门的侍卫说："去，告诉城主，森林里来的甘白薇要见他。"

侍卫起初觉得可笑，一个森林里来的野丫头竟敢直刺刺地点名要见城主？！他们盯着她的眼睛看了半天，想弄明白这丫头是不是患了疯病，只片刻之后，竟乖乖地转身进门去通报了。这丫头眼中有种气势，她的言语让人不得不遵！

就这样，甘白薇被请到了城主面前。

城主骏德不止材优干济，而且英俊倜傥，看多了女孩子在他面前脸色羞红语无伦次的花痴状，面前这个甘白薇却只是利利落落站在那里，大大方方地看着他。骏德很有几分讶异。

"你就是森林里来的甘白薇？"

"我正是甘白薇。"

"从森林这么远的地方来，找我是有很重要的事吧？"

"是的，很重要的事。"甘白薇面色不变，话音干净利落："上天派我来做你的妻子，因此我就来了。"

当骏德终于弄懂了这话的意思，英俊的面孔忍不住由讶异转为扭曲，狂笑实在憋不住喷薄而出："哈哈哈……你说什么？

我的天神啊！这个野丫头竟是从森林里跑来做我夫人的！"

站在城主面前的甘白薇茄色的衣衫苔色的裙子，论面貌，只清秀而已，便是此刻站在一旁侍奉的使女们，也有比她更娇艳的。

骏德尽最大力气克制住难止的狂笑，他说："甘白薇啊，想必是你所居住的森林里不通媒妁的缘故。如果你需要一个丈夫，我便命媒人替你去说合吧。"

甘白薇摇摇头："我说了，我是上天派来做你妻子的，要那些媒人作甚！"

这就让骏德有些哭笑不得了："甘白薇啊，这城中人皆知我要找个什么样的妻子。你面貌看起来虽不丑陋，也绝算不上漂亮啊！"

城主骏德风华正茂，向来是全城姑娘爱慕的对象。他早已定下了心愿：一定要娶个世间最美的新娘，才匹配自己的惊才风逸。

甘白薇只是轻轻地笑笑："这世上有比量长短的尺子，却没有比量美丑的尺子。一万个人眼里足有一万种漂亮，城主又怎知我不美？"

骏德便说："或许这世间总有男子觉得你美如仙女吧，谁又说得准呢？！不过我想要的新娘，面庞要像盛夏的白莲，眼睛好似如漆的玛瑙，嘴唇得像半红的山茶，腰身一如轻烟、袅娜翩然。"

甘白薇笑了："这算什么难事？！只需片刻，我就能变成你渴慕的那种姑娘。"

她从袖袋里掏出一方极小的玻璃匣子，走近骏德，对他说："你把这霜膏抹一点在眼皮上。"

　　骏德疑惑不解："这是什么？"

　　"这是用世上钟情人的眼泪加了苦恋花制成的，把它抹在眼皮上，便能看见你倾慕的人在眼前了。"

　　骏德颇为鄙夷，坚称不信。

　　甘白薇并不急恼，只是劝诱他："不信你便试试。我不过是个森林里的野丫头，手无寸铁尺刃，难道你还怕我不成？！"

　　骏德一听也有道理，终究架不住自己的好奇心，轻轻蘸了一点在指尖，送到鼻头一嗅，清香如露的，不像是什么毒物，便大着胆子在眼皮处点了一点。瞬间双眼被一阵温柔浓酽的气息熏笼住了，心头处似有一股暖煦煦的动容。当他睁开眼睛，眼前站着的姑娘，面貌如霞，眼眸如星，柔唇如花……那是一种怎么都无法形容的美啊！比他在心里琢磨过千遍万遍的美人，还要惊艳上三分！

　　"哎呀，仙子一样的姑娘，你叫什么名字？"

　　骏德急急地去拉身边这个姑娘的手，一把拽住了甘白薇。

　　甘白薇轩轩甚得地笑了："我是甘白薇。我的城主，现在相信是上天派我来做你的妻子了吧？"

　　自此甘白薇便成为了城主骏德的夫人。

　　森林里长大的甘白薇，并非那些寻常的女子。她不是**爱慕城主的尊荣地位**，更非贪求少年郎的好颜色，来到城主的身边，有她要做的大事。

当这一年秋天来临，国王照例要来南鸠城附近的森林里打猎，依旧落宿在城主骏德府中。

每年国王的秋狩，都是一次举国的节日。鸠尾国国王，亲自带领最精锐的军队，由都城一路南下，来到繁华的南鸠城。城主骏德以最高礼节恭迎国王和他的兵士，并向国王禀报自己这一年的工作成绩。国王对骏德一向是满意的。

于是骏德照旧例把自己府上最大的庭院收拾妥当，准备迎接国王和他的卫队。

"国王住下倒也罢了，可国王的卫队少说有千余士兵，这方庭院虽大，也住不下这许多人哪！"

甘白薇问骏德。

"夫人哪，你不知道……呃，其实我也说不明白。反正国王每年来都是带着这队兵士，每年所有兵士从府门口进到宅院里，光是进户都要两三顿饭的工夫。我也曾想着这庭院住不下千余人，也建议过国王，另给士兵们安排住宿。可国王不允，下了命令不许我再过问此事。"

甘白薇若有所思地点点头，又问："可要派使女和仆从过去伺候？"

"国王出巡，自有贴身的王宫侍从，外人不许进入。"

"那饭菜饮食呢？"

"哦，这倒是要每天派人送进庭院中的。依照旧例，你只需把美酒肴馔用食盒装好了，令仆从送进去，放在院中的石台上。一个时辰之后，再进院去取食盒便是了。"

甘白薇便点点头，假意说："既是这样，我去厨房吩咐一下，总要先准备一千二三百个食盒才好。"

骏德便问："要这许多食盒做什么？"

"国王还有兵士们加起来呀，一千人不止。一人一盒来算，这些还怕不够呢！"

骏德摆摆手："夫人别操那些心啦，只准备国王一人的饭食便好。"

"那些兵士和仆从呢？宿在咱们府上，总不能让国王的近侍们天天饿肚子呀！"

这话倒让骏德思量起来，半天他才说："可是国王从未让府里准备兵士和侍从的饭菜啊。哎，说来也怪，历年来那些送饭食进去的仆从，都只说见过国王。除了国王，其他一人都未见过。这也是奇了。"

"其余一人都未见过？！"

"是啊。"骏德压低声音，"既然国王不许过问，就万万不要多言多语。国王喜怒莫测，夫人啊，我们做臣子的，千万不要多生事端！"

听了这话，甘白薇心里渐渐有了主意。

甘白薇，并不是寻常人家的女孩。她的父亲，是鸠尾国曾经的国王。十年前，现在的国王斯巴曼还只是甘白薇父亲手下的一名仆从。他骗取了甘白薇父亲的信任，渐渐拥有了权力，暗中纠集了掌握兵权的大将军，终于趁一次国王外巡的机会，杀光了朝中的忠臣，篡夺了王位。国王尚未来得及回宫，便被投敌叛变的大将军半路上拦截抓捕了。只有国王幼小的女儿一路逃进了森林里,便是甘白薇。

甘白薇的父亲被抓到了篡位者斯巴曼面前,痛心疾首指骂他豺狼一般包藏祸心!斯巴曼阴毒冷笑,命兵士们砍下国王的头颅。

兵士们却犹豫了。

鸠尾国人深信神主的旨意,他们认为,但凡国王,都是神主挑选的爱子。背叛神主的儿子,已然是罪过了,如今更要虐杀他……没人敢举起这个刀斧。

篡位者斯巴曼倒也没有大发雷霆,他阴阴地冷笑:"既然他们都不忍心给你个痛快的,那我便留你一条贱命!"

斯巴曼是懂一些法术的,他念动咒语,国王瞬间变成了一只野斑鸠!众人细看,那斑鸠的眼中竟噙满了泪和恨!

斯巴曼说:"老东西,从此后我是国王,而你永远会是一只低贱的禽鸟!你恨也没用,除非你有本事杀了我,才能恢复人的模样。哼哼,不过,想来此生此世你没有这个机会了!"

斯巴曼狠狠一撩衣袖,那野斑鸠被掀翻在地,痛苦地垂着脑袋,扑棱着翅膀,缓缓飞向密林深处。打这之后,篡位者斯巴曼成了鸠尾国的王。

话说甘白薇的父亲,如今只是一只苍老的野斑鸠了。他一边寻找自己的女儿,一边还要躲避鹰隼的追捕。一直过了五六年,才在森林中的一间草屋前见到了女儿甘白薇。

她比之前长大了许多,个子也像成年姑娘一般高了,她不是很美,但自有一股高贵的气质,那是公主才有的尊贵。但甘白薇已经不再认识自己的父亲,她见那苍老的野斑鸠一直立在门栏上不肯走,转身进屋里拿了些榛仁碎在手上,递到野斑鸠嘴边:"你一定是饿了,吃吧。"

令她惊奇的是,那野斑鸠并未去啄食榛仁,却眼中滴出泪来。从那天起,这野斑鸠每天都来到甘白薇的门前,只停在门栏上,呆呆地凝望着她。它的眼中,有一种熟悉的神情,令甘白薇倍感亲切,却想不起在哪里见过。

终于有一天,甘白薇忍不住把野斑鸠的事告诉了收养自己的女人。那女人名叫辣木霜,是仙人和凡人偷情生下的孩子,随后被遗弃在了森林里。辣木霜在森林里生活了几十年,拥有常人所不能的本领,她可与动物谈话,也能预知千里之内的事情,她还会一些法术,自从在森林里捡到了甘白薇,多多少少也教会了她一些东西。

"哦,带我去看看那老斑鸠,我跟它谈谈。"

辣木霜走出了草屋,她一眼看到门栏上的野斑鸠,便用斑鸠的语言和它叽叽喳喳攀谈起来。聊了有半盏茶工夫,辣木霜扭过头来对甘白薇说:"丫头,你听好了。这只老斑鸠正是你的父亲。他遭篡位者斯巴曼所害,被夺了王位,又被变成这副模样,他如今过得十分不好。当然这是一定的,你瞧他这惨样儿也知道!"

甘白薇心中酸楚得落下泪来,她抱住野斑鸠,用嘴唇亲吻它干涩的羽毛:"哦,父亲,我的父亲!幸运的是,有生之年我还能见到你。不幸的是,我们却再也不能以人的语言谈话了。"

父女二人别后重逢,少不了痛哭一场。甘白薇的父亲,便在草屋里住了下来。

甘白薇对养母说:"辣木霜妈妈,我怎能甘心就这样过一生?!篡位者做了国王,他受万民供养,而我的父亲正直善良爱民如子,却要遭受这样的厄运!亲爱的辣木霜妈妈,请告诉我,怎样才能报这如海的血仇?"

辣木霜告诉她:"想报仇可以,但以你现在的本事可不行。先学个三五年吧,到那时大概能和斯巴曼分个高低了。"

甘白薇自此日夜用功,跟辣木霜学起各样本事来。

转眼间甘白薇已经十七岁,是个窈窕少女了。不过她并不像其他少女一般思恋春情,她日日夜夜想的是,如何杀死篡位者斯巴曼,让父亲重新变回人形。

直到有一天,养母辣木霜对她说:"甘白薇,你现在的本事,足可以跟斯巴曼分个高低了。"

辣木霜允许她走出森林,去城里,与仇人对决。

"但是,杀死敌人也要保全自己。否则损失了自己,你父亲即使变回了人形,也只会日日痛心。"辣木霜提醒甘白薇。

听了这话,变成了野斑鸠的甘白薇父亲,狠狠地点头。他不希望自己的女儿因为报仇而丧命,如果是这样,自己情愿一辈子做野斑鸠直到死去。

甘白薇是十分冷静的女孩,她说:"辣木霜妈妈,你放心,我不会白白去送死。杀死了仇人,我还要回来与父亲团聚呢!这世上,只有罪恶的人才该死去,无辜的人该得享幸福!"

甘白薇早已默默盘算了很久。她发现,每年的深秋,篡位者斯巴曼都要来南鸠城外的森林狩猎,这里远离都城的核心,一旦有急,斯巴曼难以调集大军围袭。因此,这是报仇的绝好机会。

但做了国王的斯巴曼警醒得很。世人都说,耍尽阴谋的人,终会死于阴谋。斯巴曼时刻记着自己是如何篡夺了王位,这样的祸事他绝不允许再次降临到自己身上。每年秋狩时,他都会带上自己最善战的卫队,那是鸠尾国的最强精兵。有这些兵士在身边护卫,斯巴曼不怕还有第二个篡位者敢乘虚而入!

甘白薇既然选择在斯巴曼来南鸠城秋狩的时候动手,自然就想到了城主骏德。

骏德正值壮年,又是斯巴曼最信任的人,甘白薇决定成为骏德的妻子。做了南鸠城的城主夫人,甘白薇离报仇的目标又近了一步。

国王斯巴曼带着一千兵士再次住进了城主府,每年他会在这里待上七天。甘白薇心想,怎么也不能错过这七天的机会,否则又要等上一年。

国王到来的第二天,甘白薇便对丈夫说:"我常听说这世上的王并非天神选定,而是贤能有才者当。"

骏德一听这话,顿时警觉起来:"夫人哪,这话平常闲谈几句也没妨碍。如今国王正住在旁边的庭院里,这万一被陛下听到,会引来杀祸啊!"

骏德冲着甘白薇蹙眉摆手,示意她不要再说这谋逆的罪言。

平常最是聪明不过的甘白薇,今日却好像轴了心思,不管不顾地说:"现在的国王不也是篡位谋逆者吗?他从老国王手里骗夺了王位,恐怕也会有人从他手里同样夺取!"

这话让骏德陷入了回忆中。十年前的骏德还只是十一二岁的小小少年,每日读书习练,小小年纪已然颇具才俊气质。老国王曾经在南巡时见过少年骏德,非常喜爱他的聪明刻苦,甚至还说过,等将来他长大了,要把自己的独生女儿嫁给他……

想起老国王,骏德不禁潸然。老国王勤政爱民,本该善始善终,却不想被篡位者斯巴曼夺了王位!宫变之时,他们都不在场,并不知道具体真相如何,只知道新王登基,老国王从此没了音讯,十有八九是被斯巴曼害了性命。

"唉,夫人哪,说这些又有什么用处?如今国王朝臣满座,兵权雄厚,我们身为臣子,除了跪从他的统领,还能有什么法子?"

甘白薇又说:"鸠尾国里人人都可以这么说,唯有夫君不可以这么说。"

骏德纳闷:"这是为什么?"

"夫君治下的南鸠城是鸠尾国最繁华最富足的大城,马匹多如繁星,粮仓里五谷爆仓,城民们又都勤恳好学。还有夫君的卫队,日日练兵,虽说人数略少上二分,可真要跟国王的兵士真刀实枪起来,也未必会落下风。更何况夫君有才有德,是真正体贴城民。依我说,要论这鸠尾国谁有资格当王,当属夫君……"

骏德急急地把甘白薇拦下:"哎呀你这婆娘满嘴疯话!这时候在府里胡乱说这些,杀身之祸即刻便会临门啊!"

甘白薇只冷笑一声："我的城主大人！你还真以为国王对你是满心信赖哪！你且想想，国王为什么每年都要亲率大军来南鸠城秋狩？国王打个猎而已，何至于要带上最精良的兵士队伍？而且每次来必要住在你这城主府上？城主大人，我的夫君！你难道从没想过这鸠尾国上下，国王对你是最最提防吗？！"

这话直让骏德惊出一身冷汗！这些他不是没有想过，但实在也不敢多想。他祖祖辈辈都在这南鸠城为主，富裕城民，精练卫队，用心打理得这南方边城甚至比都城更繁华富裕！父亲临终前一再叮嘱他："要懂得收敛锋芒，不与王争风头。"

"夫人哪，有些事，纵然知道又能如何？在王的面前，我们除了唯命是从又能如何？！"

骏德仰天悲叹，落下泪来。

甘白薇拥住他的后背，给他安慰。暗暗在心里定下了主意。

到了夜里，甘白薇照着从辣木霜那里学来的法术，用钉子树干和铁桦树枝夹裹在一起，远远地放在院子角落处的风口里，等到众人都睡下了，甘白薇念动咒语，这两样树植都坚硬如铁，随风一搅，叮叮咚咚足像兵器的打斗声。

骏德惊得从瞌睡中爬起来："什么声音？！"

甘白薇安慰他："夫君别慌，我带人出去看看。"

半天甘白薇才回来，她命使女关严门窗，悄声对骏德说："是国王那边庭院传来的声响，怕不是在练兵吧？"

骏德心里忐忑："国王这个时辰练兵做什么？"

甘白薇故意说:"在你府上练兵,自然是练给你看的。"

骏德听了这话,一颗心七上八下,又不好去问明国王,只得胡乱睡下,一夜翻来覆去没能睡着。

第二天一早,甘白薇带了仆从去给国王送饭食。进了庭院,她用心细看,周围并无兵士,四处都空空的,只在院子的空地处,一片一片的斑鸠争着在吃麦粒。甘白薇心下便明白了。

篡位者斯巴曼就端坐在对面,甘白薇心中纵然有千般怒万般恨,也只得佯装出笑脸。

"国王陛下,我是城主骏德的妻子。陛下在这府上有什么需要的,尽管告诉我。我们夫妇一定尽力去办,愿令陛下满意!"

国王斯巴曼瞥了一眼甘白薇,觉得这妇人在哪里见过似的,却也没往深处想,只见她低眉顺眼恭立眼前,心中嘀咕:这骏德眼光可真是寻常,这妇人容貌毫无引人之处,平淡得一眼就忘。

国王点了点头,示意把饭食放下。

甘白薇趁势问:"瞧着陛下面色青苍,可是夜里没休息好?"

国王听了甘白薇这话,竟不自觉地打了个哈欠。

甘白薇赶忙说:"难道是这府里的床铺睡着不舒服?哎呀呀这可是罪过了!我这就叫使女来给您换铺盖!"

国王摆摆手:"不必了。"

忽然国王问:"昨夜里听院墙外叮叮咚咚的声音,好像有兵器响动……"

甘白薇便笑着答道:"哦,原来陛下是被练兵声吵到了!"

"练兵?!练什么兵?"

"陛下有所不知,我家夫君身为一城之主,上进得很。白天要处理城中事务,晚上仍要抽空操练卫队。这南鸠城既然是鸠尾国最大的城市,就不光得有钱粮,更得有军队兵勇啊。陛下您说是吧?"

甘白薇说这话的样子足像个懵懂无知的妇人,但她的每一句都立马令国王斯巴曼警觉起来。他阴沉着脸,也并未说什么,心里却猜疑渐满。

甘白薇见他面色起了疑,才放心地告辞,出了庭院。

这一天,国王斯巴曼说是带了兵士出门打猎,却并未出城,只是在城中各处都转了几转,看到城市阜盛,城民富足。国王斯巴曼不由得眉头越拧越紧。

日头一落,国王带了兵士们回到庭院,又是紧闭了大门。

这晚,甘白薇找来十二只老鼠藏在院中,给它们吃下了闹羊花,那老鼠便能发出"哟嚯,哟嚯"的人声,远远听去,足像是力士在比试拳脚。

城主骏德自然又是睡不着了,披了衣服便要去看。生生被甘白薇拉了回来。

"夫君啊!国王既然要半夜演练,明显是不想让人看着。你这一去查看,惹恼了国王可怎么办?"

骏德觉得有理,只得又回来坐下。他呆愣了半天,六神无主地问甘白薇:"国王不会真的要……要杀我吧?"

甘白薇便说:"听说国王今天巡了一天城,越巡视那脸色越难看,夫君想想便知。"

"可我明明尽足了城主的职责呀！不论整肃民风，还是种粮营商，哪一样做得不好？"

"夫君就是做得太好，把这南鸠城治理得比都城都富强三分。这才是狠狠扎了国王的眼哪！"

甘白薇一语点醒骏德，他大惊失色，止不住地跺脚叹气。

又到了第二天，甘白薇依旧去给国王斯巴曼送饭食。

这一次国王问她："昨夜有搏斗的声音，这次是什么？"

"又吵到陛下休息了？这是夫君新近寻到的几个力士，听说有拔山之力，便是千军万马当前，也能取将领首级！这不趁着夜里忙完了公务，看他们比试比试。"

国王斯巴曼的脸色越发青苍了。

这一天，国王依旧没有带着兵士们去打猎，而是巡检了南鸠城的城中卫队，回来后脸色愈加难看。

这天夜里，甘白薇又找来铁刀木，绑在院石上，她念动咒语，那铁刀木便敲击成响，一下一下，足足是铸造兵器的声响。

骏德在屋里听得心惊，又不敢出门去看，只是紧紧拉住甘白薇的手。

国王斯巴曼在庭院里也坐不住了，他遣侍从去打探打探，要悄声的，莫惊动了人。两盏茶工夫，侍从回来禀报，是城主居住的庭院传出来的声响，听得明明白白，必定是在铸造兵器！

这一刻，国王心里生出了杀意！

此时的甘白薇，也极力劝说骏德："夫君啊！如果你先动手，便是天时地利。如果你胆心一怯，等国王回了都城，怕是就要派大军来剿杀你了！到时候，不光你我，连这一城的百姓，恐怕都没有活路了！"

骏德虽然胆颤，也觉得再无第二条生路了，可他仍是担心："就算是反抗了，我们也未必能赢过国王的军队啊！"

甘白薇信心满满："夫君放宽心！只要你下定了决心，我自会帮你、也帮这一城的百姓保全性命！"

骏德摇头："夫人哪，你不过一个闺中妇人，又不懂带兵打仗的事，你能帮得上什么！"

甘白薇却爽气地笑了："夫君莫要小瞧人，我自有我的用处！我从森林里来，可是上天派来做你妻子的！"

再到了第二天，甘白薇去给国王送饭食时，瞧见国王斯巴曼的脸色阴翳极了，这次他并未再问甘白薇昨夜的事，只是让她放下饭食就走。

甘白薇心下明白，胜败便在今天了。

回到院中，她燃起了桦树皮，里面添了降香，那香气缭绕啊，直到百里之外。仅一顿饭工夫，天空的北向飞过来一片片的天鹅，迎着袅袅香气，那天鹅密密集集，覆蔽了半空，连太阳都遮住了一半。国王斯巴曼觉得奇异极了，带着侍从忙忙赶出庭院去看，那天鹅绕着太阳飞了几圈，发出一阵阵清幽的鸣叫，所有人都被这一幕惊呆了！

此时，一个人影悄悄溜进了国王落宿的宅院。她是甘白薇。

她把手上拿着的这袋麦种，替换了国王的那袋。

天鹅在空中盘旋了良久，终于朝着森林的方向飞走了。国王回到宅院中，联想到这几天夜里的事情，不免觉得骏德有了逆反之心。再加上今日的天鹅飞了满空，出门观瞧的城民都说"这是城主仁慈，连神鸟灵兽也多愿到此啊！"国王听了这话，心中不免倍加妒恨！

国王斯巴曼已经下定决心，必得解决了骏德！他在地上撒落麦种，给斑鸠喂食。这斑鸠们似乎今日格外爱吃这麦种，只是一闻气味，便争先恐后地抢食。

国王见状便多撒了几把给它们："吃吧吃吧，吃饱了今天要出力气了！"

喂饱了斑鸠，国王命侍从去传唤城主骏德，火速来见！

骏德得到了消息，心中慌乱，紧紧握住佩剑。

甘白薇说："夫君莫慌，既然到了这一步，赶紧集结卫队精勇，护送你去见国王！"

骏德心一横，也只得如此。

"不过，国王有一千兵士，而我现在府中不过几百精勇，真能取胜吗？"

"夫君放心，我在国王那一千兵士的饭食里动了点手脚，现在啊，怕是雷打火烧他们也醒不过来了！"

原来，刚刚甘白薇替换的那袋麦种，已提前用烈酒浸泡了数日，便是人吃下肚也会醉倒，何况是人变成的斑鸠。以斑鸠的脾胃，更是承受不起了。

此刻国王斯巴曼,任凭把咒语念了几百遍,那地上的一千斑鸠依旧毫无动静,走近一看,竟已一片片睡倒在地上了!国王气得发昏:"一群没用的废物!偏偏这时候挺尸!"

此时国王深悔,为了方便控制这一千兵士,平日里都把他们变成斑鸠,真到了节骨眼儿,竟成了一摊废料!

国王斯巴曼火气还未发完,这边城主骏德已然带着几百精勇撞破了庭院的大门。国王一见暴怒:"叛臣贼人!你想谋逆不成?!我定要诛杀你!"

城主骏德一听这话,也再无退路了。干脆一横心,命令兵勇诛杀篡位者斯巴曼!

国王斯巴曼虽然会些法术,可面对几百精勇,也不是对手。他心中想着保命要紧,于是念动咒语,瞬间自己变成了一只斑鸠,振翅朝着森林飞去了。

辣木霜已经提前在森林里得到了消息,她召唤来了鹰隼,死死追着这只斑鸠不放,盘旋了足足两顿饭工夫,斑鸠终是体力不支败下阵来,一头栽到树枝上,被鹰隼吞进肚中!

这下好了,甘白薇的父亲重新变回了人形。他走出了森林,来到骏德的府上,向女婿说明了一切缘由。

城主骏德大为惊异,没想到这一切竟然都是夫人甘白薇的计谋!

甘白薇用柏树水为骏德洗去了眼皮上的膏霜,现在骏德眼前的甘白薇,又只是一位清秀而已的妇人了。

甘白薇对骏德说:"我嫁给你只是为了解救父亲,如今父亲重新变回了人形，我们父女团圆了。你若是想要解除婚约，我也是同意的。"

骏德当然不肯，他已深深爱上了甘白薇："我的夫人甘白薇啊，是你让我知道了女人真正的美丽是什么样子。从此，那些浮于皮囊的漂亮都不值一提了！"

老国王对这样的结局实在是满意极了，他说："我年纪已经老了，骏德才干出众又品行良善，便由你继任国王吧。"

公主甘白薇成了王后甘白薇。她此后生育了几个孩子，有男有女。每次生了女儿，乳母来报喜时都说："小公主漂亮极了，极像陛下的模样。"

国王骏德总是会说："漂亮又有些什么用处？要是能有她母亲一半的聪慧，她便是这世上极迷人的姑娘了！"

听完甘白薇的故事，天色已渐渐亮起来了。辣木霜说："甘白薇聪明冷静，心思比男人还坚韧，确实比世间的女子都强。但她毕竟是我调教出来的养女，我最清楚她的本事。甘白薇最具有俗世的智慧，但你们要问的这些神神怪怪的事情，就不是她的所长了。你们也无需多费时间去都城寻她了，你们的问题，我的养女甘白薇回答不了。"

青雀儿和乌聆牧一脸的失望。

辣木霜说："你们出了林子再往前走吧。大概走上七八天工夫，能到麦氏国。多年前我曾收留过的一个小姑娘如今住在那里。那小姑娘有些神神秘秘的不凡来历，游历也十分广博。若能找到她,或许对你们有些帮助。"

青雀儿和乌聆牧脸色一喜,赶忙问那女孩的名字和住处。

辣木霜摆摆手:"你们不用问!到了那里,人群中最显眼的那个姑娘就是她了!"

第三章　三根麦穗

没有什么比金黄的麦浪更美，麦氏国人都这么认为。

在这收割麦穗的人群中，一个穿朱槿色衣裳的小姑娘格外醒眼。她一边飞舞镰刀一边唱着欢快的歌谣："大麦穗，小麦穗，里面都是白娃娃。风来过，雨来过，才有这穗儿沉甸甸……"

周围正忙着收获的农人们听着这欢快的歌谣，割起麦穗更有力气了。

那朱槿色衣装的小姑娘从来不知疲倦似的，袖子高高卷起，露着结实的小臂，赤糖糖的脸庞满满都是活力，两条粗油油的大辫子垂到腰底下，用一根薄荷色的发带箍住额周的绒发，上面不插鲜花和宝石，只插着三根金黄的麦穗。

"嚄！那小姑娘真是精神！"

青雀儿忍不住拍手赞道！

这个让青雀儿连声大赞的姑娘，便是昂丽香，寡妇吉布泰的养女。

十来年以前，在一个大风天的早晨，吉布泰出门干活，正撞见一个约莫五六岁样子的小姑娘在村子里四处晃荡。村子不大，这里的人没有她不认识的，这小姑娘的模样一看就眼生。大概是大风天走了太久，她灰头土脸浑身脏兮兮的，但身穿的一件绸缎做的睡袍，上面有精致的金丝刺绣，并不似当地农家人的装束，小手不住地摆弄着发辫上插着的三根麦穗。

"嗨，小丫头，你从哪里来？"

"我从白天来。"

"傻妞，净说废话！这里也是大白天！你父母是谁？"

"我不知道谁是我的父母，我们那里的孩子并不需要父母。"

"嘿！不需要父母？你们那儿的孩子怕都是麦穗吧！那你今年几岁了？"

"嗯，我说不好，我们那里的人也并不讨论年龄的事情。"

"你们那里可真是个奇怪的地方！看来你也不知道自己叫什么名字啦？"

"这个我知道！他们都叫我昂丽香！"

小姑娘抬起脸来，眼睛大大的亮亮的，满是活泼泼的神气。

吉布泰便没再问什么，拎起小姑娘返回家中，填满了柴火烧了一满盆热水，好好给这小姑娘洗了个干净。从此小姑娘便做了她的女儿。

寡妇吉布泰的丈夫和孩子死于战乱，她一个人生活了很多年。如今收养了昂丽香，村里人都跑过来看。大伙儿瞧着这小姑娘模样甚是可人，无不喜欢。聊了几句却觉出苗头不对，出门时忍不住偷偷劝她。

"吉布泰啊！虽说一个人生活是寂寞了点，可你收养这样一个疯疯癫癫的孩子，将来怕是有得苦头吃哩！"

"瞧这女孩模样倒是可爱得很，一说起话来就摸不着头脑了，还真让人担心呢。"

"这个说疯话的毛病，不知道能不能医得好哟。"

……

吉布泰并不辩驳，只是说："先放在我这里养着吧，说不定过几天她父母就来找了呢。"

昂丽香自此就在吉布泰家住了下来。

这个叫昂丽香的小姑娘异常聪明伶俐，家里地里各种活计一学就会。她也不似那些娇滴滴的姑娘，担水洗衣修房样样都有力气，吉布泰越来越喜欢这个小女孩，觉得昂丽香像极了年轻时的自己。

唯独有一样，昂丽香一到天色黑了，便没了踪影。卧房里找不到她，院子里找不到她，村边田地里也找不到她。起初吉布泰以为她是趁夜偷偷跑了，去找她父母了，并没当回事。但当公鸡一叫，天色一亮，昂丽香又精精神神整整齐齐回来了。

吉布泰担心她遇到了什么危险，可昂丽香说："妈妈，你担心什么呢？我本来就是生活在白天里的昂丽香啊！"

瞧她又说疯话，吉布泰叹了口气。

好在吉布泰是个心如旷野的女人，从不为无谓的事情烦心，也就不再多去追问了。

昂丽香自此成了吉布泰的女儿,十年过去了,村子里的人几乎已经想不起这姑娘竟然不是吉布泰的亲生女。

村里人都说,有些人你看一眼就觉得对路子。

吉布泰和昂丽香如此。

昂丽香和青雀儿也如此。

只不过是在麦场边闲聊了几句,青雀儿便觉得这昂丽香足可以做自己最好的姐妹啦!她甚至把自己和乌聆牧王子此行的前因后果说得原原本本清清楚楚,连旁边的乌聆牧王子心里都一阵阵打鼓,他止不住地给青雀儿递眼色,心说:小丫头,不用说这么仔细吧!不怕遇到别有用心的人吗?!

青雀儿不管这些,她与昂丽香一见如故,掏心掏肺毫无保留。昂丽香歪着她那漂亮的小脑袋,眉毛皱了又皱,她说:"我多想自己就是你们要找的人啊!可是真遗憾!我要是能帮上忙多好!"

不过昂丽香又说:"实在不行,我便挨家帮你们去请求村子里的人帮忙吧!我挨家挨户地问,说不定就有人能解答你们的疑惑呢?"

青雀儿摆摆头:"还是算了吧。我看这村子里最美丽最可爱的人也不过是你了,若是连昂丽香你也不是我们要找的人,恐怕这里更没人能是了。"

昂丽香听着青雀儿这赞美,倒有些不好意思起来。不过她说:"你们放心,既然有这个命定之人,就总能找到。只不过呢,何时找到,得天神说了算。早一刻不成、晚一刻也不成,因为最好的时机未到。"

听了这话,乌聆牧和青雀儿俱是一愣。

天边日头渐渐黯沉了下去,昂丽香便邀请他们:"走吧,今晚去我家里住,歇歇脚再上路不迟。给马儿喂足草,才能跑得更快不是!"

青雀儿丝毫没有犹豫,拉起乌聆牧王子就跟着昂丽香朝她家走去。

昂丽香的母亲吉布泰也是个爽快好客的女人,打了个招呼便去安排饭菜。昂丽香让青雀儿在她屋里住下。

"谢谢你昂丽香,不过夜里我得狠狠管住自己早早休息,我怕我会跟你聊天聊到天亮!"

昂丽香大大方方地说:"这个不怕的青雀儿,你一定会香香甜甜一觉睡到天亮。因为我晚上并不住在这里。"

"那你去哪里住呢?哦,不会是因为我占了你的卧房,你得去别家借宿吧?不用不用,咱俩挤一挤就是了。你别怕会打扰我,我睡起觉来沉得很,打雷都醒不来!"

昂丽香哈哈笑了:"不是因为你。我从来不睡觉的。谁让我是生活在白天的昂丽香呢!"

青雀儿觉得奇了,还未来得及接话,恰好吉布泰站在屋外喊三个年轻人吃饭,话题便被岔开了。

吃过饭后,天色已经黑了。青雀儿和乌聆牧王子先去院里喂了马，回到房中已经不见了昂丽香。她喊了几声，没听见应答，忽然想到刚刚昂丽香说不在家里宿卧的话，便跑去问吉布泰。

吉布泰正在对着灯苗缝一件衣服，并不把青雀儿的疑问当回事儿。

"昂丽香这丫头，从来没在家睡过一晚。你不用理会她，只管好好休息。赶了那么久的路，快去舒舒服服睡上一觉吧。"

"可是吉布泰婶婶啊，你不担心昂丽香天黑在外会遇到危险吗？"

"她能遇到什么危险？！这丫头的力气比村里最健硕的小伙子还大，这丫头的脑袋比村里最智慧的老者还灵光。你担心她什么？除了担心想要伤害她的人会有危险之外，其他实在没什么可担忧的了。"

这话倒让青雀儿无言以对了。她只好又问："可是吉布泰婶婶啊，你不好奇女儿昂丽香每晚出去做什么吗？"

吉布泰停下针线，她看着青雀儿："每个人都会有点自己的小秘密不是吗？不想告诉别人也可以。"

青雀儿觉得这话有道理，于是结束了谈话，转身去睡觉了。

等到天色大亮，青雀儿醒来，外面已经响着叮叮咚咚的声音了。昂丽香正在厨房里熬粥做麦饼，这是他们的早饭。

"嗨，青雀儿，睡得好吗？"

昂丽香总是神采奕奕的样子，那神气似乎觉得每晚出门是一件再正常不过的事情。这倒让青雀儿不好意思多问了。

青雀儿和乌聆牧王子在昂丽香家直住了三天,虽然乌聆牧也催着青雀儿:"咱们真得赶路了,总是借宿在人家这里多不方便!"

青雀儿始终不甘心就这么走了。

"牧哥哥,你想啊,咱们这一去大概永远也不会再回到这个村子了。若这个事情弄不明白,我肯定一辈子都悬着心。毕竟我已经把昂丽香当成最好的朋友了。"

乌聆牧知道青雀儿的脾气,这个小师妹从小最是伶俐,也最是倔强,她认准的事情,任凭谁都拦不住。

乌聆牧便说:"那好,我们再留一晚,是最后一晚哦!弄清楚这件事的来龙去脉,也好安安心心赶路。当然,即便今晚找不到答案,明天也必得上路了。实在不该再耽搁了。"

于是这天昂丽香割完麦子从田地里回来,被青雀儿一把拉回房中。

"昂丽香,我把你当好姐妹是不是?"

"当然,青雀儿,我的好姐妹。"

"可是昂丽香,我和牧哥哥就要起程去找那命定之人了。这一去不知要找到什么时候,更不知道我们还能不能再见面呢。"

"嗯,青雀儿,是这样的。"

"牧哥哥说,我们明天必须得赶路了。"

"哦,青雀儿,我的好姐妹,我会想念你的。"

"可是昂丽香啊,虽然我们明天就要起程,但总有个疑问一直折磨着我的小脑袋,我真怕这一路上都会思前想后安不下心。"

昂丽香略一沉吟:"我大概能猜到你的疑问是什么。"

"是啊昂丽香,虽然吉布泰婶婶说每个人都可以有自己的小秘密,别人不该探问。可我想着,如果我知道了这个秘密,心里会更加敞亮是不是?"

"嗯,是的,青雀儿。"

"当然,昂丽香,如果你真的十分为难,我便忍下这好奇心上路,也一定是可以的。"

"青雀儿,我的好姐妹。你第一天见我,便把你们的秘密告诉了我。我想你们是信任我的对不对?"

"当然,昂丽香。我一见你就相信可以把一切秘密托付给你!"

昂丽香最后下定了决心:"那好吧。反正今晚事情差不多也该结束了。我便带你们去看看我的秘密吧。不过先说好,你们可以扮作我的仆从,不论遇到什么事情都不要觉得惊讶。只要紧紧跟在我的身边,保证你们明早还会安全回到这里。"

说罢,青雀儿找来了乌聆牧王子,三人在房中眼望着天色,青雀儿焦急地等着天黑。直到最后一层亮光也沉进了暗夜里,昂丽香起身说:"好了,现在我们得出发了。"

昂丽香摘下发带上的三根麦穗,往半空一扬,嘴里唱起了歌谣:"三根麦穗跳舞,带我去那白昼。夜色纵然静谧安详,我却只是生长在白天的姑娘……"

歌谣一边唱着,那麦穗便在半空中飞转,转啊转,转成了一个圆圈,圆圈里面隐隐有光透出来,昂丽香一脚踏进圆圈,一边回头说:"来吧,二位,记得紧紧跟上!"

惊讶到无以复加的青雀儿和乌聆牧王子,跟着昂丽香来到了另外一个白天。

当青雀儿和乌聆牧王子终于醒过神儿来,才发现自己正站在一间华丽的寝殿中。桌上摆满了珍玩古董,墙上挂的丝毯一看就出自名家之手,家具摆设都精致得是他们从没见过的式样,连床的扶栏都是象牙雕成宝石镶就。生长在栖月国的将军府,青雀儿自小没少出入王宫,却从没在哪个夫人的寝宫里见过这样的奢华气派!连乌聆牧王子也暗自称奇!

昂丽香一进到这寝宫便急匆匆地跑去内室,不一会儿换了一身衣服出来,非绸非缎,更不是华丽的礼服,竟是凛凛一身铠甲!

她另递过两副铠甲给青雀儿和乌聆牧王子:"把它穿上!一会儿上了战场,刀箭可是不长眼的。"

青雀儿绝没想到此行会来到战场,虽然诧异,但自小生于将军府的她,对两军交战的事,也并不胆怯。

两个人刚把战衣换好、把弓箭和箭囊背好,就听门外有人来报:"女王陛下,可以出发了!"

嘀!原来麦氏国的农家姑娘昂丽香,竟是天罗国的女君王,更是统领将士的大将军!

二人随女王昂丽香出征！士兵们一个个整装待发，列队等候在城门处。士兵们有男有女，男兵精干，女兵飒爽，好一支气派的队伍！青雀儿和乌聆牧王子心中止不住地喝彩！

女王昂丽香检阅完军队，便骑上自己的坐骑。青雀儿和乌聆牧王子差点惊掉了下巴：昂丽香和兵士们所骑的，并非骏马良驹，而是比人还高大的苍鹭！

那苍鹭一个个展着翅膀，比鹰隼还有气势！昂丽香命侍卫另外唤来两只苍鹭，给青雀儿和乌聆牧王子乘骑。二人起初还有点心怯，生怕驾驭不了这飞禽，可一跨到那苍鹭的背上，竟觉得比马背还稳当有力。这天罗国的苍鹭坐骑，个个都是受过严苛训练的战士！

女王昂丽香发出了战前最后的指令："将士们！今天就是最后的决战！成败在此一瞬，决定着我们将来是做奴隶还是做主人！不想被那夜蠓国奴役，必得拼死一战！"

女王振臂一呼，胯下苍鹭腾空而起，士兵们齐齐跟上。青雀儿和乌聆牧王子此时也不敢落后，他们紧跟上昂丽香的队伍，迎头便看到了乌压压的夜蠓国大军袭面而来。那夜蠓国的将士们也是乘着飞骑，但他们胯下的坐骑更奇，竟是一只只阔伞大小长翅的蠓虫！当青雀儿和乌聆牧王子的坐骑与他们撞上了才发现，只只蠓虫的翅翼都坚硬如铁石！

两国交战，兵士极勇！女王昂丽香箭法高超，一箭制敌！反手又是一箭，一箭双蠓！青雀儿和乌聆牧忍不住喝彩！二人索性放开手脚，施展箭法。他们从小跟着风布吉将军习练骑射，也是栖月国一等一的高手，有了他们的相助，天罗国的大军所向披靡！

这场大战结束在午后时分，夜蠓国的残兵败勇随着渐沉的太阳落荒而逃！

女王昂丽香清点好战场，向所有兵士和国民宣告"卫国成功"这一喜讯。奇怪的是，天罗国的臣民们，并未表示出分外的欣喜，他们的脸上，永远是无悲无喜的样子，既没有为牺牲的兵士而哭泣，也没有人为荣归的将士而欢呼！天罗国的士兵，简直像石头雕刻的勇士，虽有血肉之躯，却无悲欢之欲！原本期待着一场胜利庆祝的青雀儿，倍感扫兴！

女王昂丽香清点完军队，向城楼下所有臣民发出了最后的宣告："结束了这场决战，我的使命已完。从此我便不再是你们的女王，更不是统帅千军的大将军了！你们可以推选新的君王，承继我的王位！"

此言说罢，昂丽香转身下了城楼。天罗国的臣民们便嘀嘀咕咕议论起新君主的人选来，也并未对昂丽香有所挽留。

青雀儿和乌聆牧跟着昂丽香一路又回到了刚才的寝宫，他们换下了战衣，又是刚刚来时的打扮了。昂丽香依旧一身朱槿色的衣裳，薄荷色的发带上插着三根麦穗。她说："走吧，这里天要黑了，我们得去另外一个白天里了。"

她照着刚才来时的样子，摘下发带上的三根麦穗，往半空一扬，嘴里唱起了歌谣，歌词却与来时不同了："三根麦穗跳舞，带我去那白昼。夜色如此静谧安详，从此我不再只是生长在白天的姑娘……"

三根麦穗照旧在半空中飞转，直到转成了一个圆圈，昂丽香一脚踏进圆圈，朗声对他们说："二位，紧紧跟上！"

三个青年在天亮时分回到了村子里。青雀儿有一肚子问题想问，一张开嘴却又什么都问不出来了。

昂丽香依旧去厨房烧饭，吉布泰已经起床开始纺布了。

吃过晨饭，青雀儿和乌聆牧便要起身上路了。昂丽香一直送他们到村口处。

青雀儿从刚才起就觉得昂丽香略有些不一样了，这会儿忽然醒过神儿来："哦，昂丽香！你的三根麦穗不见啦！"

此时的昂丽香，只剩了薄荷色的发带拢着两根粗油油的辫子。

昂丽香爽朗一笑："我的职责已完，再不需要那三根麦穗了！从此我就只是昂丽香，割麦穗的昂丽香！"

青雀儿问她："舍弃女王的尊贵、将军的荣勇，来做这平凡的村女，你不遗憾吗？"

"青雀儿，我的好姐妹。若有一天你到了生命的尽头，想看到的一定是亲人嘘寒问暖，而不是金银围绕。在冷冰冰没有感情的王国里，纵然是做君王也毫无意趣。"

青雀儿顿时心生感动，于是把最热切的祝福送给了昂丽香。青雀儿依依惜别："昂丽香啊，愿我们还能再相见！可是我也知道，大概这个世上，再也遇不到像你这样又可爱又果敢的好姐妹了！"

昂丽香却对他们说："青雀儿，我的好姐妹！万万不要伤感！你们不妨往前去,我知道往东去的村庄里,有一对漂亮的姐妹,我为天罗国女王时,曾见过她们一面,她们的聪明漂亮,更胜过我许多!或许她们就是你们要找的人哪!"

于是青雀儿和乌聆牧,便再往东边去了。

送别了青雀儿和乌聆牧,昂丽香回到家中,她生平第一次觉得困倦,倒头睡在床榻上。这一觉实在是长啊,做了无数的梦,梦见了无数的故事……当她醒来的时候,吉布泰就坐在床边。

"妈妈。"

"嗯,我在。"

"妈妈,我睡着了。"

"是啊,你睡了整三天呢。"

"妈妈,我做了好多好多的梦。"

"傻妮子,睡觉当然会做梦。"

"妈妈,我觉得做梦也挺有意思的。"

"是啊,每天都睡觉,就能每天做些有意思的梦了。"

"妈妈,我还想接着睡觉、接着做梦。可是,我现在饿了。"

"是啊是啊,睡了三天怎会不饿?!我刚烤好的麦饼,还有新熬的糖浆,快起来吃了再睡。迟一会儿凉了就不香甜了!"

吉布泰起身去厨房端麦饼的时候,脸上止不住漾出了一层又一层的笑。她知道,从此刻起,昂丽香真正成为了她的女儿。

后来昂丽香与村子里一个英俊勇敢的青年结了婚,生下了几个孩子,其中一个孩子真的成为了将军。

第四章　少女阿薰

昂丽香指引的路并不好走，青雀儿和乌聆牧行经多日，连遇上滂沱雨天路滑难行，脚程十分缓慢，眼前阴雨迷蒙又难辨方向，一直盘桓了多半月，心里别提多急！

他们见了城池便去询问，见了农庄便去打听，仍是毫无头绪。直到半个月之后，雨水渐渐停了，日头升上来了，眼前也阔朗了，两人才整装再发，重新去寻找昂丽香所说的村庄。

这一天，青雀儿和乌聆牧又是赶了整整一天的路，越往前去，天色越深。等终于闻到了熟悉的炊火味道，天色也已经黑透了。

"这里可真是死静死静的啊！从没见过这样静的城寨，还真有点怕人哩！"

夜的死寂一丝丝渗进骨头缝里，青雀儿不由得打了个寒颤，四下里张望人影。细细听，竟然连猫儿狗儿的声音都一丝也无。

乌聆牧说："看这城里一片片的房舍，分明都是刚添过砖草的样子,一定有人居住。我们细细去敲门问问,说不定是都睡下了呢。"

两个人挨户走去,来到一户门前,青雀儿先是轻轻掼门环,然后是重重的,再后干脆用手拍打起门板来:"我们是远来的路人,请问屋里可有人在吗?"

半晌无声,两人只好换了一家。

也是先轻轻的,又重重的,再高声呼唤,依旧无人应答。

一连敲了十来户,里面都是无一丝应答。

青雀儿十分纳罕:"这是个什么鬼地方!难道全城的人都出门吃宴席了不成?!"

乌聆牧也是大为诧异:"夜这样深了,干脆我们再往前走走,找个避风的地方歇一歇吧。"

也只得如此。

一路往前走,城深处与城口处一样,一丝响动也无有。青雀儿泄了气,看来今天是无宿可投了。

待走到这城街的尽处时,青雀儿眼尖,惊呼起来:"看,有光!那里有人!"

她手指向东,前方似隐似现有一点点亮意。暗夜里找到了一点光,便有了可投奔的方向,两个人心下安慰了不少,骑上马匹疾驰过去。

顺着光的影子,来到了一户小小的房舍。门前有个女孩端坐在月亮底下,手里结着草扣。趁着月光看她的样子,面貌身量都颇为稚嫩。青雀儿觉得,这女孩看着比自己还略小些年纪,她轻轻唤了一声:"这位妹妹……"

眼前是两位深夜来访的陌生人，女孩却并不面露惊恐，她甚至连眼皮都未高抬："异乡客，这里没有你们要找的人。"

青雀儿和乌聆牧甚为惊异，虽然又是一次失望，心里却十分好奇："我们并没说什么，你怎么知道我们要找人？"

女孩略抬一抬头，露出素淡的一张面容："知道便是知道。"

随即她放下手里的草扣："我已经回答了你们的问题，不论你们信不信吧，这就是答案。那么请你们也回答我一个问题。"

这倒让两人好奇了。青雀儿说："你倒问问看呢？"

女孩把脸抬了起来，那面容说不上精致，只是清幽幽的秀色，青雀儿心里总觉得这张面容看着怪怪的，直到很久以后才恍然大悟：这女孩虽长了一张十四五岁少女的面孔，那神态却像已经活了千年万年。

少女问他们："你们可知道，有什么法子能让人死去？"

这话夹杂在寂寂清冷的夜风里，令对面的两个人，透骨的一阵寒颤。

少女的名字叫薰，从出生起便住在这里。

这里本是一个极偏远的世外小国，国中人不足千，他们是先知的后人，世世代代为神使的仆从。他们的祖先祭祀天神，教化世人，勤勉而纯洁，因此神使世世代代赐健康、富裕于国中。也不知是经历了几千年，国中一个一个的先人结束了使命升往了天国，一茬一茬的后人长大，他们一直生活在富足之中，一出生便衔着恩宠来到世上，后人们渐渐忘记了职责，开始不断地去寻找一些比幸福更快乐、比快乐更刺激的东西。

安稳的生活满足不了沃土地里生出的根苗，经过了几千几万年之后，国人早已不是曾经先知们的模样。

他们调笑戏谑神的恩赐，把感恩之心忘得一干二净。

他们把粮食倒进河流，任其腐烂发霉。

他们挖尽了山石，砍尽了良材。

他们烤了重明鸟下酒，恣意烂醉。

他们淫邪无度，伦理没了秩序。

他们从斗殴到战争，血流得河水一般。

……

先知的后人们，已忘记了自己的职责，肆意挥霍手边的福气。

薰的爷爷，与他们不同。他一年一年老了，仍在做着与年轻时一样的事情。他每天把神像擦拭干净，供奉鲜花，感恩赐予，却被众人讥笑"痴傻"。他挨家挨户地规劝教导，却屡屡被踢赶出门："死老头！多管闲事！"

爷爷经常带着伤回家，薰说："爷爷，你不要再出门去了。"

爷爷闭着眼睛，神色哀伤。

"爷爷，他们作恶由他们去吧，我们过好自己的不就行了？"

爷爷闭着的眼睛缓缓流下泪来。

爷爷终究还是去世了，临走前十分安详，他说："薰，我今日圆满了，我卸下了自己在凡间的工作，今后便交由你了。"

薰说:"爷爷,我一定要做和你一样的事吗?这些事情看起来委实是无意义的。"

爷爷说:"薰,你要记住自己的职责。这世上任何不忠于自己职责的人,都没有存活的意义。"

爷爷去了神使那里,薰接替了爷爷在人间的职责。

她擦拭神像,供奉鲜花,心里却一直彷徨:这样的生活,值得感恩吗?

她不像爷爷那样挨家挨户规劝教导,每每看到人们的乱与恶,她会扭转脸,悲伤又厌恶地走开。

薰年复一年地尽着自己的职责,众人也年复一年地在累加着自己的荒唐。

于是有一天,神使来到了她的面前。薰匍匐在地,聆听神使的指令:"所有人将受到最重的惩罚,除了你。他们都将一天一生,一天一死,每一天都将重复最绝望的痛苦。而你,薰,你将永远不死,看着他们生死轮转。"

神使的指令让薰懵然,她此刻还并不懂"一天一生,一天一死"的意思,但不久后她就彻底明白了。

第二天,灾难开启!

城里的人们吃掉了镇压虎狼凶兽的重明鸟,突然之间,从深山里、从石洞中、从水深处、从每一个不知名的角落……无数的凶兽拥进了城里!城中的人哪,有的被咬断了脖子,有的被啃断了四肢,有的被直接吞进了凶兽腹中!

薰亲眼目睹这一切，惊恐万状。凶兽们路过她的身边，瞥一眼栗栗危惧的薰，绕身走开了。

白天陨落，当夜晚来临，除了薰，城里再无活着的人。夜黑得如最深的地狱，又静得无一丝喘息，只听见薰发出一阵阵撕心的吼叫！

到了第二天早上，神使践行他的诺言。所有的人都会重生。这一天，有的从瓜藤上结出来，有的从土地里拱出来，有的从河谷里爬出来，有的从山石间钻出来，有的生于玄鸟，有的诞于洞穴……上天有一万种方法可以诞生人类，也有一万种办法毁灭他们！

他们一早还无忧虑地快乐，纵情饮酒，无度淫乐，他们并不记得自己前一天可怖的死状，而下一次的无常又已经守在门外！

这一次是痛苦无状的瘟疫，一天卷走了所有人的性命。

而薰依旧没有事，她活着。用她的眼睛看尽众人痛苦的死状，她放声大哭。

第二天太阳照常升起，众人一个接一个地，再次从动物的腹中，从花叶的怀里，相继出生。他们继续欢笑，他们纵情歌舞，他们调笑神使，他们又会在日暮时分迎来最痛苦的死神！这次又是洪灾，从山顶直泻下来，冲塌了房舍，埋葬了一切！除了薰，其他人都哭喊着被活埋进了泥浆里！

然后又是下一次重生……

每一天都是一场灾难，每一次都是一种死状，忽然有一天，薰醒悟过来,她想到爷爷的话:"记住自己的职责。任何不忠于自己职责的人,都没有存活的意义。"

她开始在众人出生的晨早奔走各处,她规劝着,她请求着,她甚至不惜匍匐跪在众人脚下哀求。求他们放弃恶行,求他们重生良善。

众人越来越厌烦这个多事的丫头,他们讥笑她、辱骂她,甚至有调皮的男孩子用脚狠狠踹她柔嫩的身躯……薰每天拖着一身伤痕,看他们一次次被灾难覆灭。众人临死前哀号着,哭叫着,还不忘辱骂薰:"丧门星!都是你诅咒我们!你这歹毒心肠的妖女啊!"

时间一天天过去,这里的人们,每天都出生,每天都死去,只有薰,已活了不知几千年。她容颜如旧,还是少女的模样。她的神态中,充满了对死去的向往。她每日坐在门前,问间或飞掠的苍鹰,问万年不绝的溪水,问偶尔路过的旅人:"如何才能死去?"

青雀儿摇摇头。

乌聆牧说:"我们都是会死去的人,你问终会死去的人这个问题,是找不到答案的。"

薰埋下脸,她也知道,只有神使能解答她的疑问。

可神使说了:少女阿薰,永不死去。

青雀儿问她:"活着,不好吗?"

薰说:"只看得见当下的人会快乐,能看见过去和未来的人却会痛苦。"

三人同时叹出声息，点破了夜空的死寂。

那些人啊，都在忙着活，却注定了要死。薰，一直渴望死，却注定要一直活着。

薰对他们说："你们进屋里歇一歇吧。在太阳高高升起之前，一定要离开这里！"

这一夜就是这样。

当夜黑渐渐变淡，天色微白了，青雀儿和乌聆牧牵上马儿离开。薰早早坐在门口发呆，在白日里再看她的面庞，就是一个稚嫩的姑娘。

他们向她告别，她并不起身，也不告辞，就默然坐着，好似他们从不相识。

青雀儿和乌聆牧离开的时候，城里渐渐有人影出来了，他们看起来和常人无异，有男有女，有老有少，他们有人忙活着要吃早饭，有人盘算着今天的生活，有人警惕地打量着英气飒飒的乌聆牧，也有人不怀好意地乜斜着模样俊俏的青雀儿……

等渐渐出了城门，走得远了，青雀儿忽然问："昨晚到底是真的还是假的？"

乌聆牧明白她的意思。

昨晚种种，薰的故事，听着像一个似是而非的梦，又或是一个最真实不过的警示。

"谁知道呢。"

青雀儿却深深懊悔:"唉,竟然忘记了问,这到底是哪一国哪一城……"

看来,这个无名之国注定要成为他们一生解不开的悬案了。

第五章　蔷薇与茉莉

从那恍惚如梦境的无名之国出来，正是入秋的景致，秋花秋果茂密，艳色镶嵌万里碧空！两个人一路探问，一路观望满目的风景，见一个个村野的少女拎着篮子，里面有花有菜。后面又是一队妇人，凑着头聚在一起，似乎在说些密事，时不时传来忽高忽低的窃窃笑语声。见了此情此景，乌聆牧心下也开怀了许多，脸上渐渐有了舒展模样。青雀儿更是高兴，急奔着下了马蹦蹦跳跳去采撷柔软的枝叶编织起遮阳的草帽，好久未在这样的灿烂晴日下伸展腰肢，不由得开心了许多。

青雀儿问那身边路过的提篮少女："可知道蔷薇和茉莉？"

少女们的眼睛亮了起来："当然！谁会不知道蔷薇和茉莉？！"

青雀儿又问那些聚谈的妇人："她们如今可住在这村庄里？"

妇女们快活地答道："蔷薇和茉莉啊，如今她们当然不在这村庄里！但她们永远是这村庄里的骄傲，你去路边随便拉一个丫头问问，谁不想成为她们那样的姑娘？！"

青雀儿和乌聆牧十分开心："哎呀，总算找到了她们的下落！好心的姐妹，谁能给我们指一指路，我们有要紧的事得去见一见蔷薇和茉莉！"

妇女们便说："这并不难。我们正要动身去城里，给蔷薇和茉莉送一篓这初秋刚采下的新鲜果子，曾经她们住在村庄里时，最爱吃这酸甜儿的秋果。你们若是想去，便一道去。路上顺便给你们讲讲蔷薇和茉莉的故事……"

在城外遥远的村庄里，有一对少女，蔷薇与茉莉。这一对姐妹，年龄只相差一岁，打记事起就一处长大，大家也分不清谁是姐姐谁是妹妹，只知道蔷薇和茉莉，都是漂亮的姑娘。

她们平日里形影不离，一处做针线，一处洗衣裳，一处采着鲜花唱着歌，村庄里的人远远看见她们——那个长长的头发像晚霞泛着棕橙色光芒的少女是蔷薇，另一个头发乌黑皮肤比雪还白的就是茉莉。

此时若有人高声喊她们名字"蔷薇——茉莉——"，两姐妹准会回头给你一个甜甜的笑，脸蛋在阳光下灼灼生辉！

蔷薇和茉莉，又聪明又活泼，村庄里没人不爱她俩。于是就有那见过外面大世界的人对她们说："蔷薇啊茉莉，像你俩这样机灵又能干的姑娘，实不该埋没在这小小的村庄里。你们应该去大城市看看，要是能在那里找到工作，或许将来能成为阔气的女士哪！"

蔷薇和茉莉一听这话，动了心思。两人商量了一夜，拿定了主意，第二天便向村庄的邻里告辞："我们姐妹俩就要起程去大城市了！"

素来喜爱她们的邻里纷纷给这对姐妹祝福，慈爱的婶婶们说："蔷薇啊茉莉，要是大城市里吃不饱穿不暖、人又坏心眼，一定再回来这里！"

蔷薇和茉莉笑着点头，她们拥抱了每一个爱她们的邻里，两姐妹手牵着手朝着大城市的方向去了。

她们走了足有四天四夜，终于在清晨时分来到了一座城阜。

这城市的样貌看着寒简极了，两旁房屋窄旧低矮，街道上也尽是碎裂的石板路，连天色都灰突突的。

蔷薇和茉莉难免失望，想到这个季节的家乡正是鲜花满坡，人们脸上都满溢着幸福。再看这城里的人，个个行色匆忙，面孔也是憔悴惺忪，既没有笑容也没有活力，甚至连表情都寥寥，很是死气沉沉的样子。茉莉撇撇嘴角说："蔷薇你看，这里的年青人都一脸黯淡的丧气模样，还不如咱们村庄的少年郎！"

蔷薇也认同茉莉的话，可兜里的干粮已经吃光了，再要走下去怕是得饿肚子，她挺了挺胸脯："茉莉莫说丧气话，可能这就是大城市的风俗呢。咱们先去集市上找找活儿干，也许跟大伙儿熟悉起来了，心头就快活了！"

两人就一路打听着来到了工人集市。蔷薇和茉莉这样鲜活饱满的少女，像在尘霾中开出了两朵艳花，引得不少人立马围了过来。

一个大叔模样的人先开口："我是裁缝铺老板，你俩谁会做针线活儿？"

蔷薇和茉莉都说会。

大叔为难了一下："可我那小铺子只请得起一位帮工。"

蔷薇便说："就让我的姐妹茉莉去吧。她的针线活比我强，大叔请她帮工准没错儿！"

大叔点点头，便要带茉莉回铺子。

茉莉舍不得与蔷薇分开，蔷薇安慰她："等我也找到了工作，就去给你送个信儿！"

茉莉于是跟着大叔去了裁缝铺。

又等了一会儿，一位胖大婶儿喘吁吁地挤进来，边走边嚷嚷："让让，让让！我说，这里的丫头，哪个干活儿是把好手？要打扫庭院，又要会熨烫衣服，厨房里也要帮得上忙！"

很多姑娘都争着说自己行，里面也有蔷薇。胖大婶眼神扫了一圈，最后落到蔷薇身上："看你长得伶俐些，就你吧！"

跟着胖大婶回去的路上才知，她是大商人家的女管家，今天来挑个使女。蔷薇就这样顺顺当当成了大商人家的新使女。

蔷薇很快跟大伙儿熟悉了起来，她在洗衣服的时候、在打磨银餐具的时候、在院子里剥胡豆壳的时候，总是见缝插针地问大伙儿："我对这城里的风俗规矩真是一点也摸不着头脑啊！好心的哥哥姐姐们，可要细细指导我才好。"

"当然，蔷薇。说什么见外的话！"大伙儿都喜欢活泼爱笑的蔷薇，很快把她当成了朋友。

"哥哥姐姐们，我和姐妹匆匆来到这里，也不知这叫什么城？"

"这里是金鸦国的都城呀。"

"啊！原来这是有王宫的大城市啊！那么你们一定见过王宫吧？"

这话却令大伙儿沉默了，他们摇摇头："我们之中，并没有谁见过王宫。"

蔷薇觉得奇怪："咦？难道你们不曾跑去王宫前看上一看？那么国王出巡时你们总该见过他的仪仗吧？"

大伙儿还是摇头："我们之中，也并没有谁见过国王的仪仗。"

蔷薇还是不死心："这可真是奇怪了。那你们可知道国王是男是女？年纪如何？俊秀还是丑陋？"

大伙儿继续摇头："我们之中，并没有谁知道这些。"

蔷薇直被气得笑出声来，她嘟着嘴巴抱怨："哥哥姐姐们，我可是当你们是真朋友，诚心请教。你们为何这般敷衍我呢？！"

见她生了气，众人赶紧劝慰："可爱的蔷薇啊，我们并非刻意敷衍你，我们在这城里生活了二十年，确确实实真的不曾见过你问的这些。莫说我们从未见过王宫，连我的父母也说不清它在哪个方向。我们也未见过国王的仪仗，只知道陛下从不出巡。至于他的样貌，是男是女，更无从知晓了！别说是我们了，你就算去问胖大婶，想来她也说不明白。"

蔷薇啧啧称奇："哥哥姐姐们，看来是我错怪你们了！可是这不太奇怪了吗？一座不知道王宫在哪里的都城，一城不知道国王是男是女的臣民……哎呀,我真是想得脑袋都疼了!"

"何止这些啊!莫说国王的样貌我们不知,便是来到这大商人府上做工,你可见过主人的身影?"

蔷薇愣住了:"是呀,我来了这几天,从未见过主人、也从没听过他的半点事情。我想着大概是我刚来不久,主人外出做买卖了也说不定哪!"

"别说是你了,我们已经在这里做了几年工,也从未见过主人的半个影子。只听说他是个四十岁上下的绅士,其余的就一概不知了。"

"是啊,不只是主人没见过,连他的家眷也从未见过。想来四十岁的绅士早该成婚了,可这府上从没有过夫人哪!"

因着蔷薇的好奇,后院的年轻工人们七嘴八舌嘀咕了整整一下午。最后得出结论:金鸦国的风俗,就是这样。

不过蔷薇并不这样想,她时时处处觉得奇怪。按理说她来到的是大商人府上,既然是一国最富有的人家,便该是宅院宽敞、庄园恢宏,可这大商人的家,实在破落得很,庭院里墙上的泥灰早已斑驳了,墙根下生出杂草来,也无人悉心料理这些。难道是这家主人经营不善,赚不到钱财?

似乎也不像。她每天擦洗的那些金器银器件件都沉甸甸的坠手,清洗烫熨的那些盛装华服上面镶满了名贵的宝石,这些东西件件都是奇珍。奇怪的是,从不见使用它们的主人露面。

蔷薇下定了决心,一定要弄清楚这里面的缘由。

等蔷薇在金鸦国待满一个月的时候,渐渐发现了这里一个奇异的风俗:每周的最后一天,家家户户从清晨开始必须关门闭户,拉好窗帘,任何人不许朝门外窥看。窥视者会被当场处死!

这一天,大家躲在屋子里,连猫儿狗儿都锁得严严实实,只能听到忽重忽轻的车轮声。

蔷薇曾经好奇地问这是在做什么?胖大婶只轻描淡写说"交货",便不再多言了。

蔷薇因此下定决心一定要弄清楚这金鸦国的秘密。

蔷薇和茉莉,各有各的手艺。茉莉擅长针线,蔷薇精于编织。就说这蔷薇吧,莫说是麻绳丝线了,就算是四时花叶根,抑或五色禽鸟羽,只要捻在了她的手上,不出片刻工夫,就能编织出一件奇巧的玩意儿,或是一件蓑衣,或是一只手袋,又或是鲜活生动的鸟兽玩偶,总之你看上一眼,保准大呼:"嚄!这手艺真神了!"

想要探知真相的蔷薇,琢磨了好些天,想到了些办法。她找来一些准备扔了当废料的旧麻线。找到了这些旧麻线,蔷薇哪怕工作结束也不再闲着了,她手上一直捻着麻线忙活着。使女们见着了都说:"蔷薇啊,你可真是闲不住的丫头!擦了一天的金盘银壶,胳膊酸胀得很,怎么不歇歇呢?"

蔷薇照旧一脸笑:"歇着也怪没意思的,我这手里一时没有点活儿做,就觉得好大不自在呢!"

白天工作夜晚编织,蔷薇足足用了五天时间,终于编好了一件形似五色鸡雉的斗篷。蔷薇披上这斗篷在院子里摇摇摆摆走上一走,还故意扯着嗓音装出"咯咯咯,喔喔喔"的鸣叫声,活脱脱一只呼扇着翅膀的大公鸡,逗得使女们哈哈大乐:"哎呀鬼灵精蔷薇丫头啊,你可真是一双巧手!哦,不不!简直是一双神手!这斗篷一上身,还真以为是围栏里闯出的大公鸡扑棱扑棱呢!"

使女们围在一起嘻嘻哈哈叽叽喳喳,无不赞叹蔷薇的编织技艺。大家又都缠着蔷薇求她给自己编织个物件,有的要玫瑰花样的头巾,有的要织有波斯猫的包袋,还有的要一件围裙、上面得有星星和月亮……蔷薇一一答应着,心里却有了底,顺手把斗篷叠好放进自己的箱柜里。她默想:这件斗篷,或许能派上大用处哩。

转眼就到了这周的最后一天,从半夜起,蔷薇就辗转反侧睡不着了,直到天明时才下定决心:今天必须要去找一找真相。

这一天照例大家要躲在屋子里,使女们当然足不出户,都只待在厨房柴房里干活。蔷薇借口闹肚子去茅房蹲坑,揣起那件编织好的公鸡斗篷就溜出门去。她把斗篷披戴严实,紧紧裹住自己,走过街巷,又绕过横坝,蔷薇模仿着公鸡的脚步颠颠巍巍,远远看去,正似一只遛闲的大公鸡。

不到一盏茶的工夫,远远听到了马蹄车轮的声音,她伸长了脖子朝前看,只见一队穿着鲜亮铠甲的卫兵押运着数十辆大车,渐渐地近了、更近了。这些卫兵,每到了大商铺、大店户、大宅院的门口，都会停下来，里面有一个人出来接应，接下来就是一箱一箱的财物、一桶一桶的美酒、一篓一篓的鲜果、各色的肴肉点心珍馐美馔……统统装进了卫兵的马车上。

蔷薇悄悄跟上他们，发现户户如此，但凡富户和商铺，都会把这一周积攒的所有华物和财宝交与这些卫兵。到了大商人府的门前，是胖大婶出来接应，她指挥着卫兵们把一样一样的东西搬上车，然后闭上门户，再不出来。

蔷薇实在纳闷极了，搞不清楚这其中的缘由，于是悄悄跟上这队卫兵。卫兵们高大健壮，步履如飞，蔷薇生怕跟丢了他们，一路紧跑慢跑。前面的卫兵回头张望，除了街边一只瞧热闹的"大公鸡"，半点没瞧见人的影子。

当然，谁又会在意一只不通人事的禽类呢。

他们整整收了大半天的"货物"，才赶着马车朝城西的方向驶去。

蔷薇一路跟随着，把这来路牢牢记在脑袋里。直跟到城西的最尽处，卫兵们的脚步渐渐慢了下来。蔷薇躲在一棵大橡树后张望四周，发现这里并没有什么宫殿或是王府，四处空荡荡的，房舍也越来越少，只有一座极低矮窄小的尖顶茅屋伫立在侧。

卫兵们押着车队停了下来，嘴里呼唤了几声"今日收割完毕"，里面便走出一位老伯来，也是衣着极朴素的打扮，与大商人府上看门值夜的大叔并没有多大区别。老伯出来后，绕着车队巡查了半天，一辆一辆数着，最后说："嗯，没错儿，出去是二十四辆，回来还是二十四辆。"开了门锁，第一辆马车的卫兵便押着车进了屋去。

那屋子的房门，看着也就只能容纳一辆马车进入，屋子的宽窄看起来也只是四四方方一点点，恐怕连一辆马车也未必装得进去。可神奇的是，第一辆进去后紧接着是第二辆，然后是第三辆、第四辆、第五辆……直到二十四辆马车都由卫兵们押进了茅屋，那老伯便锁紧了大门，往屋后的方向去了。

此景十分不可思议，蔷薇此刻却并不敢再往前去了，她这"大公鸡"的斗篷近看便有破绽，若被识破了真身自己恐怕会有危险。蔷薇又细细把周围审视了一遍，深深记在脑子里，她得趁天黑前先赶回去。

于是蔷薇又照着来时的路摸索着回到了大商人府。

到了吃晚饭的时间，蔷薇故意凑到胖大婶跟前。

"胖大婶啊，我来了这些日子了，还从没见过咱们家主人哪！您给我讲讲吧，咱们的主人是高是矮？是胖是瘦？年长还是年轻？爱吃些什么饮食呢？"

胖大婶瞪了她一眼："你这小丫头，打听这些做什么？"

"这府里吃食好，活儿又轻省，我想着怎么才能讨了主人的喜欢，好长久留在这里呀。"

"你不用管这些。好好干你的活儿，自然就能长久留下。"

"可是哪家的使女没见过主人呀？！"

"你别操这些闲心了，这府上的使女都没见过主人。这城里其他府上的使女也都一样。"

"您就行行好,给我讲讲主人的事情吧,些微小事也行啊!"

胖大婶不耐烦了,把碗重重地往桌面上一掼:"蔷薇丫头,我告诉你,在这金鸦国里,想要活命,唯一的办法就是管好嘴巴!否则,好吃的饭菜怕是吃不到下一顿了!"

胖大婶眼神冷冽,让蔷薇一凛。她心里愈加明白,这其中一定隐藏着巨大的谜团。

胖大婶既然不肯多透露一个字,蔷薇便想到了茅屋里那看门的老伯。

到了下一个歇息日,蔷薇灌上一小罐甜酒,还有一袋裹着樱桃酱的软酪,又朝着城西茅草屋的方向走去。

到了屋前,蔷薇敲门唤人:"有人吗?哥哥在吗?"

那老伯从里面走出来,顺手把门关得严严实实:"小姑娘,你从哪里来的?"

蔷薇上前行了礼:"好心的老伯,我从城外的村庄来,是来找我哥哥的。这会儿他在吗?"

老伯摆摆手:"这里可没什么你哥哥,赶紧回家去吧。"

蔷薇用小手挠挠可爱的脑袋:"不可能啊老伯!哥哥当兵离家时,明明说了自己就在这城西的茅草屋当值。老伯可不要哄骗我呀!"

那老伯心想:这小丫头的哥哥恐怕是那些押送货物的士兵也说不定。

便告诉她:"就算你哥哥真的在这里,此刻你也见不到他的。等他差事完了,自然就会回去找你了。"

老伯转身就要往屋里去，身后却传来嘤嘤的哭泣声。

"老伯呀，你可不知道。我们的父母前些日子去世了，如今在这世上，我就只有哥哥这一个亲人了。这么久见不到哥哥，也不知他好还是不好，我可真是悬心呢！"

蔷薇装出可怜兮兮的模样，又是这么一个十七八岁楚楚可爱的小姑娘，倒让这老伯也于心不忍了，于是劝慰她："你哥哥八成是活得好好的，既然他做了卫兵自然有他的职责，你一时半会儿是见不到他的。你放心，将来若是有卫兵说起妹妹的事，我便替你打听打听是不是你哥哥。"

蔷薇赶紧破涕为笑地道谢，顺便把自己带来的甜酒和软酪递到老伯面前："原本是想带给哥哥吃的，谁承想竟没见着他的影子！老伯要是不嫌弃，就尝尝我的手艺吧。"

这倒让老伯有些不好意思了，偏那甜酒的阵阵香气分外勾人，而自己已经好多年没有尝过美酒的滋味了："哎呀，这怎么好受用，这怎么好受用。"

老伯一边吃喝，蔷薇一边有意无意问他一些"何时来到这里？平日里做些什么？"之类的话题，那老伯也颇为警觉，每每谈到此便收住了话头。蔷薇知道不宜再问太多，免得老伯对自己起了戒心。等老伯吃喝完了，她收好酒壶就起身告辞。

"谢谢老伯了，就有劳您帮我打听哥哥的消息吧。"

从那之后，蔷薇每到歇息日就带上吃食和美酒，来茅草屋找那老伯。

她谎称自己在附近亲戚家住下了，希望能打听到哥哥的消息再回家乡。每次老伯吃着喝着她的美酒佳肴，又是享受又是惭愧，老伯指指茅草屋说："蔷薇姑娘啊，你的哥哥大概就是在这里面做国王的卫兵，可你是见不到他的。我劝你赶紧回家乡吧，在这里白白耗费时间是没有用的。"

蔷薇故意装出一脸懵懂："老伯你莫要哄骗我！这茅草屋窄窄一间，国王的军队怎么可能在这里面当差！"

蔷薇今日带来的美酒颇为性烈，半壶下肚，老伯已有些飘飘醉意，攀谈了几次，他对蔷薇渐渐放松了戒心，趁着酒意，松了口："蔷薇丫头啊，你不知这茅草屋的奥秘！它看似一间窄屋，实则一扇门。进去里面，那边便是娑婆世界、富贵福地了！"

蔷薇听得心头一跳，面上还是装出懵懂的神色："是个怎样的富贵福地呢？我瞧着丝毫不起眼嘛，比我在家乡住的屋子还差些！"

老伯悄声说："这屋子通往另一个城，真正的富人城！你每天所在的，不过是穷人城。穷人们每日工作，制作美食美酒、金银绸缎，都送进这富人城了。这富人城里有国王王后，有达官显贵，所有这穷人城里没露过面的主人，如今都住在这里面。我也只是每次送完卫兵们的车队才敢偷偷地朝里面张望一眼，果真是美轮美奂如仙境一般啊！"

蔷薇便问："既然都是一国之民，国王干吗不打开大门，让穷人富人都自由来往呢？"

"傻丫头，那样的话这富人城里仅仅有限的资源岂不就有更多人分享了？！如今这样最称这些贵人的心意，又有人替他们卖命做活积累财富,又不会让穷人分享他们的一针一线一花一木。而我们这些杂草一样的穷人哪,连朝里面张望的份儿都没有!"

蔷薇听了这话,沉思一会儿,好半天她才下定决心对老伯说:"老伯,既然您知道我的哥哥就在里面,能否放我进去见他一见呢?"

听了这话,老伯竟喷出一声大笑:"傻丫头蔷薇啊,你这小脑袋可别做梦了!你是进不去的,我也进不去那里。我们这样的穿着打扮,是不被允许进入富人城的。你没有华贵的礼服、闪耀的珠宝,准被侍卫当时就轰出来!哎呀不对,若你知道了这个秘密,是会被他们当场处死呢!里面的贵人们是不会让知道这个秘密的穷人活着出来的!"

蔷薇听了这话,又思量起来。

从老伯那儿回来后,蔷薇一夜辗转反侧睡不着。第二天干完了活儿,她就去裁缝铺子找茉莉商量。姐妹俩头对头嘀咕了半天,茉莉便说:"华贵的礼服倒不难。我这里有刚缝制好的贵人预定的长裙,要再过三天才来收货,你先拿去穿了再说。不过,这闪耀的珠宝嘛,我就实在没有办法了。"

蔷薇拍手乐了:"有礼服就行。至于珠宝,我自有办法!"

蔷薇回到大商人府,从厨房的糖罐子里翻出些五颜六色的晶莹糖果,她用金丝线结成络子,把彩色的糖果编织在里面,远远望去也闪耀夺目,不仔细看,绝看不出破绽!

第二天至午,蔷薇带上礼服和糖果项链,偷溜出府,就往城西跑去。她在距离城西不远处的大橡树下更换妥当衣裙,又戴上了闪闪发光的糖果项链,加上晚霞色的长发和胭脂色的脸蛋,现在蔷薇真的像一位贵族少女了!她走到茅草屋前,咚咚敲门,老伯出来一瞧,赶紧垂首躬身谦卑地说:"尊贵的小姐,您有何事?"

蔷薇哈哈大笑起来:"老伯你不认识我了?我是蔷薇呀!"

"哎呀,蔷薇丫头啊!你今天的样子可真是不一般哪!"

"老伯,你看我这衣裙够不够华贵?"

"简直和那富人城里小姐们穿的一般华贵!"

"老伯,你再看我这珠宝够不够闪耀?"

"我瞧着和富人城里夫人们戴的也不差多少!"

"老伯,你也觉得我此刻看起来像一位贵族小姐了?"

"我还没见过这么漂亮的贵族小姐呢!"

"那么老伯,现在我可以去那富人城里见见我的哥哥了?"

这话让老伯沉吟了,他思索再三,看了看蔷薇:"蔷薇丫头,你真的不害怕?"

"老伯,我此刻胆壮得很!"

"万一被识破了身份,会伤及你的小命!"

"老伯,我不后悔,我是打定了主意要去那富人城里瞧一瞧!"

老伯不得不妥协,他掏出钥匙:"好吧,既然你心里拿定了主意,想来也不会轻易就回转心意,我便放你进去瞧一瞧吧!"

当蔷薇越过了老伯日夜看守的城界,才真真实实理解了村庄里那位见过"大世界"的邻里言谈中的向往!繁华美景纷纷扑入眼中,这富人城里随便一朵花都有五色瓣,街上的石板路简直比她在大商人府上吃饭的餐桌还要光亮,路旁的每一处宅院都像宫殿一般,身边往来的路人,个个步履优美、仪态大方。

"啊!人间竟有这般所在!天神居住的地方也不过如此吧!"

蔷薇暗自惊叹,睁大了眼睛瞧了又瞧,怎么瞧都瞧不够这眼前美景!

忽然她瞥见左前方有一簇红光,踮起了脚仰着脖子去望,却被近前的橡子树挡住了大半。蔷薇嘀咕:"咦,难道世上还有红色的星星不成?!"

她追着那簇红光朝前,越往前便越觉得耀眼,越觉得耀眼就越让她忍不住朝前。蔷薇跑啊跑啊,足足跑了一盏茶工夫,终于来到了一座宫殿前!此时的蔷薇简直说不出话来了:这宫殿有高高三层,雪白的外墙用最名贵的砖画做装点,房顶全是成色最好的黄金。而那簇红光,是尖顶最高处镶嵌的一块红宝石。蔷薇看了又看,那块红宝石足足比自己的脑袋还大个儿!

这宫殿一共有二十四排白玉雕柱,每一根柱子上都是不同的花案,但每一个花案上又都有一只长翅的仙鸟。有的是仙鸟驮着个冷艳无匹的少女,有的是仙鸟在与幼小的孩童玩耍,有的是仙鸟正在海中的人鱼仙子头顶盘旋,有的是仙鸟正在翩翩公子的身后起舞,有的是仙鸟正与飞鹰争夺一位美人……蔷薇简直看呆了,她从没见过这么美的建筑,流连不舍地在这白玉雕柱前徘徊了许久。

"这位尊贵的小姐,在看什么呢?"

身后一个温柔的声音传过来,唤醒了发呆已久的蔷薇。

"哦您好,这位姐姐,不,这位高贵的小姐,我是蔷薇。"

那女孩十八九岁的样子,微微的雀斑,脸蛋柔和、眼睛明亮。她身材纤细高挑,穿着天蓝色的绸缎裙,全是金银捻成的丝线缝绣而成。棕色的头发高高束起,在头顶处绾成一个清清爽爽的发髻,露出雪白的脖颈。自从来到金鸦国,蔷薇还没见过这么高雅的小姐呢!

此时这位高雅的小姐却羞赧了:"您可真是说笑了。我并不是什么高贵的小姐,我是王宫的使女,我叫米兰。"

"哦,米兰!"蔷薇万没想到,这富人城中,连一个使女的打扮都如此高贵!

"你好米兰,我还真是从没见过你这么高雅的姑娘呢!那么米兰,这所最宏伟的宫殿在哪里呢?"

米兰羞涩一笑:"这就是王宫呀,国王和王后的住所。您是刚刚来到这里吗?"

蔷薇频频点头,随口说道:"是啊是啊,刚刚到,我是来投亲的!"

"哦,难怪我从没见过您哪!那么您知道亲戚家的住所吗?要不要我来给您引路?"

蔷薇想了想:"也好,我要去大商人府上。"

"原来是大商人先生,他此刻可不在家里,正在参加国王王后在玫瑰谷的赏花会呢。我这会儿反正没什么事情,就送您一段路程吧。"

蔷薇不便推辞，于是道了谢。两个女孩朝着有玫瑰花香气的地方走去。

蔷薇一路上拉着米兰问东问西，米兰也都一一有礼应答。

"米兰呀，你是王宫的使女，一定见过国王和王后吧。"

"当然。每一任国王和王后我都见过，其中还有一任是女王呢。"

"现在的国王英俊吗？王后又美丽吗？"

米兰略带调皮地说："国王嘛，他的身份就足以令他英俊了。至于王后，我敢说，以蔷薇小姐你的样貌，一定可以成为最迷人的王后！"

两个女孩年龄相仿，一路走一路聊，渐渐熟悉起来。

"米兰啊，在王宫做使女工作不忙的吗？看你好像很清闲的样子呢。"

"这里的使女并不用做太多工作。反正繁重的工作都有外面的人做好，我们只负责每天端端餐盘，把蜡烛放进烛台，照顾好花儿草儿，再帮王后记住她昨天前天的衣饰，避免穿戴重样。做好这些就行了。"

蔷薇慨叹："哎呀，这几乎就是贵族小姐的生活哪！"

米兰笑了："蔷薇啊，等你见识了这里的贵族小姐怎么生活，就不会这样说了。"

蔷薇摆摆头："我还真想象不到！不瞒你说，我来这里之前刚刚洗完了一大盆衣裳呢。"

米兰却说："在富人城里，大家不洗衣裳。"

"不洗？！那衣服脏了怎么办？"

"直接扔掉！"

蔷薇瞠目结舌："什么，直接扔掉？！"

摸一摸身上那华贵炫目的礼服，原来它的命运是只穿一穿便被丢掉，蔷薇心疼得紧："浪费，真是浪费啊！"

米兰说："贵人们并不觉得是浪费。反正外面有源源不断的财富运送进来，每七天便有新的珠宝、衣裙、美食，还有成箱成箱的金币。各家收到了货物，分给国王一半，剩下的自己享用。就这样，也足够生活得丰足了。"

蔷薇于是壮着胆子问："米兰姐姐，我是刚刚从外面的穷人城进来，并不了解这里的风俗。这里为什么如此富裕呢？"

"因为贵人们都住到了这里呀。你也看到了，这里没有农田，他们不需要耕种，也没有店铺，他们不需要经营，更没有那些辛辛苦苦的劳作。富人城除了军队的兵士们，一共就只有三百六十个人，哦不，今天蔷薇小姐来了，该是三百六十一个人了。但这三百多个人，却要外面那数十万的城民养活供给，又不用把所得的财富分给城民，只提供他们最少量的吃食衣着便可。"

"可我明明看到的是外面的城民都过得极苦，为什么要把财富运来这里呢？"

"这城里的贵人们可都是他们的主人啊！这富人城里的主人们，对我们这些使女都是客气礼貌的，因为这里的风俗和礼仪如此。不过对外面的仆人可就不同了，他们会不断地催逼和索要，违抗者会被国王的卫兵斩杀！你在外面的时候想来也听说过那些因为偷看交货而被处死的人吧？其实他们不仅仅是偷看到了这里的真相，有的是因为交不出规定的货物而被处死！"

"真是太残忍狠毒了！这里如此富足，贵人们明明吃用不了那些财富啊！"

"这是城中的规定。每个月，国王都会筛选出交货最少的那个人。按律应该驱逐出城去，但为了不泄露这里的秘密，便只有处死了。所以贵人们费尽心思也要外面的人多交货物，否则主人的性命难保！"

蔷薇实在想不到，看似神仙福地，却处处埋伏着杀身之祸！不过她还有件事不懂："唉，真是想不明白贵人们为什么偏偏要把这里封锁起来，跟外面的城民们一起生活不好吗？有那么多财富，想来日子也差不了。大家热热闹闹在一起多好！"

米兰却说："这其中的缘故你就不知道了。这个富人城起初是我们的祖先为了圈养金鸦仙鸟而造出的仙城。在金鸦国，谁能得到金鸦鸟羽，便有做国王的资格。若有人得到了一根鸟羽，便拿着去找国王决斗，直到最后一死一生，活下来的那个便是新国王。为了金鸦鸟、为了国王的宝座，他们不惜把自己圈禁在这里。就像你看到的，他们既不耕种，也不纺织，更不营商，他们每日只练习一种技能，就是如何找到金鸦鸟并得到它的一根羽毛，然后就有了做国王的资本，便可以分享所有人一半的财富。"

蔷薇渐渐心头明白起来："米兰，看你好像对国王也并不十分崇拜的样子呢？"

米兰嘴角一勾，轻轻笑了："我今年十九岁了，从记事起就不知道这里换了多少位国王了。如今这位，才当上国王百天而已。其实呢，在这富人城里，比做贵人更危险的是做国王，反倒是我们这些使女，可以平平安安长命百岁。"

说完这话，她朝前一望："喏，跟我来，就是那里了。"

既然已经到了此处，蔷薇也打不得退堂鼓了，只得鼓足胆气跟着米兰往花宴中间走去。

在大商人家里做了几个月的使女，蔷薇今日才第一次见到主人的真容。大商人是个中年矮胖的男人，面目之中时时刻刻藏着提防，他眼珠圆溜溜凸鼓出来，每当要仔细看什么东西时，总要眼睛瞪大一倍紧盯住好半天。他身上穿的宝蓝色长袍，上面缀着的十二颗纯金扣子，还是上礼拜蔷薇一针一线钉上去的。

几乎在一刹那间，蔷薇已打定了主意，为保自身安全，先编个瞎话蒙混过去再说。

"哎呀表叔哇，您可还记得，我是蔷薇？！"

蔷薇花容灿烂地开口迎了上去，倒让大商人有些瞠目，他闹不清眼前这小丫头到底是谁。

"难怪表叔不认得我，那年您离家来到这里，我还没有出生呢！也是听父亲叔叔们说起，才知道表叔您如今一直生活在这神仙地啊！"

大商人来到这富人城足有二十年了，早与家乡的亲属没了往来，再加上堂兄弟们实在多得很，他也闹不清眼前这女孩是不是自己的亲戚。大商人面对蔷薇未置可否，但商人秉性总少不了圆滑，便随口问"你的父母如今怎样？"

"父母呀，都已经去世了。他们留下一些遗产给我，临终前让我来找表叔您。"

听到"遗产"两个字，大商人脸上的表情柔和多了，连周围人看过来的眼神也有了笑意。此时一个衣裙上下镶满了各色宝石的中年女人开口了："既然是大商人的侄女，就坐下来一起用些点心吧。"

大商人忙起身致谢："感谢王后的盛情！"

哦，原来这就是王后。

蔷薇不禁大失所望。那是一张因消瘦而凹陷的脸，并不比村里的婶婶们好看。她的衣着华丽至极，连及地的裙摆都缀满了红蓝二色宝石，那些斑斓的珠宝衬得她黯淡的灰色眼珠愈加无光。而她身旁坐着的男人一直阴着那张五官如貂鼠的脸，毫无表情，既不笑也不怒，好像周围什么事情都与他无关。从周围人逢迎的样子看，蔷薇猜他就是国王。可瞧他的气质和面貌，果真除了"国王"这个头衔，其他一无魅力。

此时蔷薇注意到坐在他们旁边的一个年轻女孩，一直用敌视的眼神看着自己。那女孩长得像极了王后，众人都叫她"公主殿下"。

蔷薇在使女的引导下在长桌前坐了下来，看到满桌的美食，她才想起自己这一整天几乎没吃什么东西。她索性不去想别的，先吃饱了再说。那羊肉的馅饼烘烤得恰到火候，涂着糖霜的酥油点心甜度适中，还有夹了各色果馅的甜酪……蔷薇从未吃过这么好吃的东西，简直停不下来了！吃完了一盘，又去装满了一盘。一旁的贵妇们、小姐们纷纷侧目看她大口吃喝的样子，个个面露鄙夷。

吃过了点心,国王和王后,引领着众人往玫瑰谷中去赏看玫瑰。

这个季节的玫瑰开得正好,各色皆全。踩着脚下的绿草新泥,蔷薇心想:这富人城里风景确实极美,真比从小生长的村庄里的花儿开得还艳!

蔷薇跟在他们后面,一起赏看,夏季太阳正当暑热,晒得汗都下来了。蔷薇不住地擦汗,忽然一堆堆小蜜虫绕着她的脖颈飞来飞去,不一会儿项链上就沾满了小虫,蔷薇尴尬极了:这糖果项链见了太阳一晒就会融化,此时竟有糖浆顺着她脖颈往下流了。

公主早已盯紧了蔷薇的一举一动,第一个嚷出声来:"看,她的项链!"

蔷薇想去遮掩可已经来不及了,贵妇小姐们迫不及待地围上去看,发现了真相后,无不尖笑着讽刺:"我当是什么名贵宝石!原来是糖果做的项链!还真是稀有啊!"

公主冷笑说:"哼!早就看这女骗子行为鬼祟!大商人,你确定她是你侄女吗?"

大商人汗已湿透了脊背:"公主殿下,这这这,没见过的人,我也不确定啊!"

"我就说嘛,真正高贵的小姐怎么可能自己去盛食物呢?"

"瞧她那吃相,怕是从来没吃过这么丰盛的餐食吧!"

"你看她走路的样子,要把裙子提起来,生怕被泥土弄脏了裙边！"

"可不是嘛，真正高贵的小姐谁会在意一条裙子呢！"

大家七嘴八舌叽叽喳喳，最后还是公主下令："去把米兰带来！我瞧见这女骗子是米兰引来的，没准儿她们是同党！"

看到米兰跪在了国王王后面前，蔷薇再也不能硬撑下去了："陛下，王后，这完全不关米兰的事。我确实不是大商人的侄女，但我是大商人那边城里的使女。这一次全因好奇心，无意间闯进了这里。你们可以处罚我，但千万不要怪罪无辜的米兰呀！"

国王和王后顿时警觉起来，他们阴狠的眼神交接了片刻，便由王后问道："既然你是那边的使女，为什么能够知道这个城里的关窍？你最好如实交代，否则，他们全部都得处死！"

蔷薇一看没了法子，只好把自己如何编织了公鸡斗篷跟踪收货的卫兵，又如何偷窥到了他们入城门的秘密，再到如何灌醉了守门的老伯……一一如实说了出来。

听了蔷薇的话，王后先自冷笑出声："我并不信你能有这样的手艺，编织的斗篷能和真正的公鸡一模一样！必是那些押运的卫兵偷懒懈怠，才让这样一个小丫头跟踪到此处，又或是那守门的老头故意放你进来！总之，这帮废物都该处死！"

公主也在旁添油加醋："我见过技艺最高超的织娘也编织不出她所形容的那种斗篷，没准儿是这女骗子以色相诱惑了士兵和守卫，要来毁我们城池也说不定！"

蔷薇赶紧辩解："我说的都是实话，我年纪虽小，这编织的手艺却着实不输给经年的老手艺师傅。王后公主若是不信,考试我一番就知道了!"

公主冷笑起来:"好啊,那你就给本公主编织一件长袍吧。它既要看起来穿得严严实实,又要看起来好似什么都没穿的样子。你可做得到?"

蔷薇歪头想了一想,应下了:"我做得到,公主!"

见公主提出的要求,蔷薇竟一口应承下来,当着王公贵族的面,王后也不好再多言其他,于是对蔷薇说:"只能给你一天的时间,明天这个时候,你就要把这长袍交上。否则,连同米兰和那些卫兵以及守门的老头,当然,尤其是你,统统都要被处死!"

蔷薇重重地点头:"我明白,王后!明天此时,我必将公主的长袍亲手交上!"

国王和王后带着公主走了,派了一队卫兵押送蔷薇和米兰。米兰一个劲儿地跌足懊悔:"都怪我,真不该引你来此处!"

反倒是蔷薇觉得不好意思:"米兰,是我牵连了你才是!都怪我骗了你!其实我是大商人府上的使女,因为觉得纳闷儿,为什么那边城里的人那么勤劳那么善良,天天干不完的活儿,却总是受苦受穷?这才想了法子偷偷跟上了收货的卫兵。都是我的一时好奇,才连累了你们也要受罪!"

米兰摇摇头:"你别这么说,看到你这样纯真热情的女孩,我就知道那边城里的人一定都像你一样热情可爱。其实我也多想和你一样生活在那边啊。这里虽然锦衣玉食,但人情冷淡,个个勾心斗角，也无趣得很！"

蔷薇想了想说："等过了这一关，没准儿将来你还真的能去那边生活呢！不过现在你得带我去这里的花地看看。嗯，若是能找到那种花，咱们就都得救了！"

蔷薇和米兰，在漫野的花地里忙活了半天，摘了满满一口袋，里面全是山荷叶花瓣。米兰有些忧虑："蔷薇，公主让你编织长袍，你采这些花瓣做什么？"

蔷薇说："放心吧，有了它们，公主要的长袍就有着落了。"

蔷薇当夜就在米兰的房间住了下来，她坐在窗边，就着月亮的光芒，把这些花瓣一片接一片捻成细细的一条一条。蔷薇手指灵活极了，白色的花瓣在她十指间翻飞，简直像一簇簇萤火虫在月光下穿梭。捻啊捻，直捻了整整一夜的时间，终于把一袋山荷叶花瓣捻成了半袋极细的丝藤。

米兰连声惊叹："蔷薇啊蔷薇，你真是神了，便是最巧的手艺娘也赶不上你半分啊！"

蔷薇笑了笑："这不算什么。唉，只是公主要得太赶，我这手指已经磨得疼痛不堪了。要是能有几个顶针就好了。"

米兰说："这不难。王后有一套金子做的顶针，最轻巧精致，戴在手上极为灵便。如今这套顶针还在我这儿保管着，这就取来给你用上！"

"不会被王后发现吗？"

"不怕的，王后一时半刻也查看不到。用完了赶紧放回去，不会有人知道的。"

果然戴上了金顶针后,手指有力气了,编织起这些极细的丝藤来更顺当了许多。蔷薇从清晨到午后,终于编好了一件素雅高贵的长袍,这长袍在日光下是雪白的颜色,和山荷叶花瓣一样,闻起来还有浅浅的馨香。蔷薇满意地笑了,她对米兰说:"走,去给公主交货了!"

不过临出门前,她又对着米兰咬了咬耳朵:"待会儿你还得帮我一个忙……"

当蔷薇把这件长袍交到公主和王后面前时,这对母女眼中确实闪过一丝惊艳,公主因此更加妒火中烧。到底是王后年长世故,不动声色,既不褒扬、也不贬损,只眼神冷冽地看着蔷薇:"就是它了?"

"是的王后,这正是按照公主的要求编织成的长袍。"
"哼!这袍子看着普通得很,怎么配得上我公主的身份?!"
公主轻蔑地瞅着蔷薇。

"公主殿下啊!这长袍虽然看着普通,却十足符合您的要求。您去换上试试便知。"

王后给公主递了个眼色,公主便命使女接过了长袍。

片刻工夫,公主换了长袍出来,在这雪白长袍的映衬下,公主阴翳的脸色也显得明快了许多。不过公主继续发难:"你可记得我昨天的要求?"

"当然,公主!要给您编织一件长袍,既要看起来穿得严严实实,又要像什么都没穿的样子。"

"可是此刻我身上穿的这件,明明就是件再寻常不过的素色袍子。而且,还透着一股子寒酸劲儿!"

蔷薇笑了:"公主啊,这件袍子呢,在屋子里看当然是严严实实的样子,但如果到了外面,可就完全不同了!公主,请跟我来吧!"

蔷薇做了个"请"的姿势,带着公主和王后来到了花园里。此时城里的那些贵人贵妇,听闻了昨日公主与一个女骗子的赌约,纷纷赶过来看热闹,早已围得水泄不通了。

蔷薇引着公主来到了喷泉边,公主不耐烦地嚷道:"女骗子!你到底还想要什么花样!我看你是死到临头嘴硬!"

蔷薇笑笑不语,她冲着不远处的米兰使了使眼色,米兰会意,滑动了喷泉的方向,一簇簇的花洒朝着公主身上喷起水来!公主惊叫不已,气恼着就要往外面躲,她还没顾上咒骂,围观的众人已经瞪大了眼睛,他们齐齐盯住公主,有些贵妇竟然羞嗔着捂起了眼睛!

这山荷叶花甚为奇异,只要一沾了水珠,就会变成透明,远看近看,都空无一物!于是这件山荷叶花做的斗篷完全符合了公主的要求:既要看起来穿得严严实实,又要像什么都没穿的样子。

望见了公主并不美好的身体,众人忍不住喷出笑来!

公主羞愧难当,"哇"的一声哭出来,疯跑出了人群。

王后虽深恨蔷薇戏弄了自己的女儿,可想到她确确实实做出了符合女儿要求的袍子,众目睽睽之下也不好出尔反尔失了

... 115

王后的威严，便暂且按捺下怒气，想着日后再找个由头除掉她。王后佯装出和气的样子："蔷薇，你确实是个能干的姑娘。今后就留在我身边为我工作吧。"

蔷薇摇头拒绝："真的不行，王后。我不能留在您的身边，我得回到那边城里，我的姐妹还在那里等我。"

王后一听这话，羞愤再也按捺不住了！身为王后，却被一个乡野丫头违抗了命令，而且还是当着所有人的面拒绝了她。这简直令王后的颜面无处安放！

王后必得拿出自己的威严来了："你这猖狂的丫头，真是不知天高地厚！既然你不肯为我工作，那就只有死路一条！来人，把她拖下去，砍下她的脑袋！"

米兰一听急得不行，正要上前哀求王后，就见远远传来一连声的喊叫："大法官拿到了金鸦羽，去找国王决斗了！"

王后骤变了颜色，也顾不得蔷薇了，狂奔向宫殿而去。众人都急匆匆乱作一团，米兰趁势拽起蔷薇就跑："快！朝城门口跑！他们此刻顾不上你，快逃命去吧！"

没命地跑到城门口，蔷薇对米兰说："走吧米兰，跟我一起走吧！"

"不行啊蔷薇，我私自逃走还是会被国王抓回来处死的！你别管我，快逃就是！"

米兰急急把蔷薇推到门边，蔷薇重重地拍门："老伯，快开门！"

当蔷薇终于跑回了茉莉的裁缝铺子，顾不得把礼服脱下，先拉住茉莉,上气不接下气把自己这两天的遭遇说了个清清楚楚。茉莉也大为吃惊:"难怪啊,这城里的人那么辛苦地工作,却永远过不上富裕的生活,原来财物都送去了富人城里!"

"那座富人城啊,是真的美,也真的冷。美的是街景,冷的是人情。现在想来,还是我们以前住的村庄里好!"

"所以啊蔷薇,不如我们还是回去吧。我也觉得这里的日子每天做工,却永远过得黯淡无光,没什么意思。"

蔷薇点点头:"也行。等我回去跟胖大婶辞了工咱们就走。"

说着就把礼服脱下来还给茉莉,她扣子解到一半,忽然手指触到了手指,蔷薇惊呼起来:"糟糕!金顶针!金顶针还没还给米兰!"

蔷薇把米兰和金顶针的事给茉莉说了一遍,茉莉安慰她:"别慌,也许此时国王已经换人了也说不定。新国王谁会想得到上一任王后顶针的事儿呢!"

"不行茉莉!万一现在的国王在决斗中胜出,米兰就还得继续做王后的使女。那王后是极阴狠之人,如果弄丢了金顶针,一定会处死米兰的!"

蔷薇又把已经解开的衣扣系了回去:"我得回去!把金顶针给米兰送回去!"

茉莉知道再劝也无用了,便对蔷薇说:"那我跟你一同去吧。也许我能帮上你的忙。"

茉莉收拾了针线包装进衣兜里,就随着蔷薇一同赶去富人城。

守门的老伯见蔷薇这次又带了一个女孩同来,他叹了又叹:"我虽不知道你们为什么来。但既然你能进得去又出得来,恐怕就是天神的安排吧。"

蔷薇眼神定定地对老伯说:"放心老伯,我们只是进去救个人,片刻便出来!"

"但愿吧,小姑娘们!我就在这里给你们守着门,速去速回!"

再度来到富人城,已是深夜,与之前比,蔷薇从空气中嗅出了一丝丝异样的气息,她觉得不妙,拉起茉莉拼命往王宫的方向跑去!

王宫里灯火通明,门外站满了把守的卫兵。蔷薇引着茉莉,从花丛中穿梭过去,从王宫的背面往上爬,直爬到了米兰的房间。她们从窗户中已经看到,米兰被捆得结结实实,就倒在墙边。蔷薇着急地从窗户里扑了进去,茉莉也紧紧跟上。

"米兰,米兰!天哪这是怎么回事?是因王后不见了金顶针?还是因为你放走了我?都怪我连累你了!"

米兰看是蔷薇,惊喜不已,她压低声音:"不是的,都不是的!国王全家都被杀死了,包括王后和公主!现在的新国王是侍卫长了!"

茉莉忙着给米兰解开绳子,蔷薇觉得不对:"我明明记得是大法官得到了金鸦羽啊?"

米兰松了绳索,甩了甩胳膊,长舒了一口气:"原本是这样的。可侍卫长半路上杀死了大法官,抢夺了他的金鸦羽。又携卫兵闯进王宫，再杀死了国王一家！你们进来的时候有没有看到附近都是把守的卫兵？"

蔷薇和茉莉连连点头。

"这就是了。侍卫长负责管理卫兵，这些兵士常年听他的调遣，唯命是从。"

"那你呢，为什么被捆在这里？"

"不止是我，之前国王王后和公主的所有近身侍从都被侍卫长捆下了。我隐隐听到，为了防止他的篡位恶行外传，要统统处死我们呢！眼下侍卫长正带人去剿杀大法官的家人灭口了！"

"啊！那侍卫长呢？他此刻在这王宫里吧？"

米兰摇摇头："侍卫长刚刚离开，我偷偷听到，他随后要亲自带卫兵去捕杀金鸦鸟！"

蔷薇和茉莉大吃一惊："金鸦鸟不是祖先留下的使者吗？"

"侍卫长总结了之前历任国王的教训，决定要做百年的君王，当然就不能再让旁人得到金鸦羽！杀了金鸦鸟，从此就只有他一位国王了！"

"这个侍卫长可真歹毒啊！"

米兰长长地叹气："是啊，这样的人做了国王，只怕这里的贵人，还有你们那里的城民，都要愈加受苦了！"

蔷薇立马说："所以，不能让恶人得逞！我们得救下金鸦鸟！"

"可是，我们既没有兵器，也不懂功夫，只是三个平凡普通的女孩子……"

"但我们也是最聪明最良善的女孩子！"蔷薇紧紧拉住她们

的手,"米兰,你一定知道去哪里找金鸦鸟是不是?"

米兰知道此事不能再做拖延,便横下心来:"也罢!趁着这会儿侍卫长正在剿灭对手,我们就冒险试一试吧!"

三个女孩照着刚才的来路,照旧从窗户爬了出去。米兰带领她们到王宫的背面,摸索着找到了马棚,里面有两匹小马,一匹是深棕的,一匹是枣红的。

"快,这是王后和公主的马棚。我们得借它们的脚力去找金鸦鸟。"说着米兰就牵上那匹深棕的,蔷薇和茉莉骑上了另一匹枣红色的。她们绕开殿前的卫兵,在米兰的引领下,朝着月亮的方向奔去。

米兰一边赶路,一边对她们说:"去找金鸦鸟的路最是凶险,要经过乱刀丛林,那树上的枝叶都像刀片一样锋利,如果没有最结实的钢盔铁甲,几乎都会送了性命!但必须闯过去才行,这是唯一的去路!"

蔷薇和茉莉打起十二分精神:"好,我们就去闯一闯乱刀丛林!"

三人骑着马在月光下飞奔,大概两顿饭工夫,终于来到了乱刀丛林的边上。三个姑娘深深吸足了气息,蔷薇大喊一声"抓住缰绳,都俯下身子!"

三个姑娘腰肢细软、身轻如燕,她们吃尽了力气下腰,牢牢抓住缰绳,躲藏在马腹下疾驰,耳边响起一阵阵的刀割声。足有半盏茶工夫,那声响渐渐息了。先是蔷薇,再是茉莉,忽然"哎哟"一声摔下马来!米兰停下来去扶她们。三人回头一看，那匹枣红色的小马已经被叶片刀割得碎成了几块，它的双眼还巴巴望着她们，似乎在哀求救命。

蔷薇和米兰还没来得及愁虑，茉莉已迅疾掏出针线，就着马儿的身体缝了起来，她飞针如风，不到片刻工夫那马儿的身子便又拼成了一体，马儿立起身，嘶鸣了一声，又再跳跃起来！

米兰简直看呆住了："茉莉啊茉莉，你真是，神了！"

茉莉并不多言，照旧与蔷薇上了马，三人再往前行！一直到了一棵参天巨树的跟前，米兰停了下来。那是一棵杏仁桉树，三个姑娘伸长了脖子仰望，她们觉得这树比十个王宫叠在一起还要高！

"没错儿，找到了最高的那棵杏仁桉树，就是金鸦鸟住的地方了。"米兰看看她俩，忽然一跺脚，"哎呀该死，我怎么忘记了这金鸦鸟只在晚霞里才会出现！每每来找金鸦羽的人，总要趁着晚霞最美的落日时分来才行啊！"

既然米兰知道金鸦鸟只在晚霞时分出现，那侍卫长必然也是知道的。此时正值凌晨，天色尚黑，但侍卫长的兵马应该会在天亮后的晚霞时分到来，三个姑娘必须抢先一步才行。

站在树下踌躇，蔷薇不住地抚摸自己的发辫，忽然，她想到了什么："茉莉，你带剪刀了吗？"

茉莉掏了掏口袋，里面恰好有一把小巧的丝线剪，她有点不忍心递给蔷薇，因为这世上最了解蔷薇的莫过于茉莉了。可蔷薇丝毫没有犹豫，没等米兰回过神儿来，她已沿着脖颈把长长的发辫齐齐剪了下来！

米兰一惊:"哎呀蔷薇!"

茉莉只觉得心疼,她们从小时候起,蔷薇便是一头棕橙色的长发,十几年来从未剪断过。

蔷薇说:"我也不知行不行,但总要试一试才知道。"

蔷薇坐在杏仁桉树下,借着月光把发丝一根根编织,过了好久好久,日头此时渐渐升了起来,天色已经大亮了,茉莉和米兰看到蔷薇手中有了隐隐约约一层丝网。那头发丝编织的细网轻盈极了,滤过阳光,若不仔细看,便只觉得像有一层云霞的余晖落在蔷薇的手上,那温柔明媚的颜色,简直是最斑斓的晚霞!

蔷薇扬起丝网,随着晨风一散,树林里散发出一阵阵的橙红色光芒,茉莉和米兰惊喜不已!茉莉仰着脖子望向杏仁桉树的顶部,似有微微的枝叶响动,她索性坐到树下,轻轻哼起了在村庄时常常唱起的歌谣:"阳光啊已不再热烈,鹅掌花啊垂下了脖颈,星星月儿啊就要上工,晚霞笼着的村庄啊,有黄昏的花朵,邀请着我……"

蔷薇沉浸在歌声里,忍不住和她一起哼唱起来。米兰静静听着,心中有说不出的感动。

忽地树顶一阵巨大响动,还没等三个姑娘醒过神儿来,一道金灿灿耀眼的光芒飞旋而来,米兰大喊:"金鸦鸟!"

蔷薇兜起丝网一阵阵围捕,更有茉莉和米兰合力去扑,几番扑斗之下,金鸦鸟已经结结实实被网住了。等她们细细看时,那金鸦鸟的羽毛果真如纯金一般耀眼,在晚霞色的丝网笼罩下,比最美少女的面庞还要炫目!

蔷薇小心抓牢了丝网,招呼茉莉和米兰快走!茉莉却拦下了她们:"略等一等。"

她纤细的手指伸进丝网,用剪刀略略剪下一些金鸦鸟的绒毛,又随手在地上捡了一些月桂树的叶子,她拿出针线,把这些比发丝还细的绒毛一根根绣嵌在树叶上。经过茉莉的巧手绣嵌,这些树叶看起来也像一根根金鸦鸟羽般闪耀夺目了!

现在她们终于可以放心地上马,朝着城门的方向去了。因为有了金鸦鸟的庇护,乱刀丛林也收敛了利刃。每行一段路程,茉莉便丢下一片嵌有金鸦鸟绒毛的月桂叶,直在林子里丢下了十二片月桂叶做的"金鸦鸟羽",三个姑娘笑得前仰后合,她们知道,接下来侍卫长和他的卫兵们,要顺着这些导引费好一番精神去找金鸦鸟了!

三个姑娘带着金鸦鸟,来到了老伯把守的城门处,蔷薇又是重重地拍门,她语调中满是幸福的快乐:"老伯,快开门,我们三个姐妹回来啦!"

老伯给她们开了大门,热烈地拥抱了每个姑娘,他的眼中流下了眼泪,有失而复得的幸福!老伯锁了大门,蔷薇兴奋不已地给老伯看丝网中的金鸦鸟:"快看老伯,这就是祖先的使者!有了金鸦鸟,从此后我们这边的城民一定也能过上好日子啦!"

听到这儿,茉莉意味深长地看了一眼那扇上了锁的大门,她心里有了主意。就在大家都忙着欢聚的时刻,茉莉嘴角一勾,把一根极细的绣花针塞进了锁孔里!现在她知道,此后再也没有钥匙打得开这扇门了!"

三个姑娘开心地回到了城里,她们挨家挨户地敲门,把大家聚集到店铺最多的那条街上。米兰讲述了蔷薇和茉莉如何进入了富人城,又如何解救了自己,更如何带回了金鸦鸟……城民们简直听呆了,他们纵然不信米兰的讲述,也实在无法不信近在眼前的这只神鸟!

蔷薇开口说:"从此后,我们便好好过自己的生活,不论劳作还是经营,都要为了自己而活!我们要重新选举贤能者做我们的国王!"

茉莉也说:"大家放心,那边的贵人们,再也来不到我们这座城了!以后这里就只是我们自己的家园了!"

说到这儿,发丝织网里传来扑棱棱的响动:"行了,丫头们!折腾了这半天,我这把老骨头都松散了,快点放我出来!"

众人齐刷刷看去,竟是金鸦鸟发出的人声!蔷薇忙打开了丝网,金鸦鸟飞上了她的臂膀,张口说起了人的语言:"金鸦国的城民们,你们听好!原本祖先放我在这里已有一千年了,目的是为了不断地从国人中选出贤能强壮者做国王,谁知竟养成了那些不良之人追逐权位的恶习!既然今日蔷薇和茉莉让我从那群恶人手里解脱了出来,这金鸦国便再没有比她们更适合的国王人选了。我也终于可以回归山林,去找我的家人了!此后,这里就是蔷薇和茉莉的国了!"

说罢,金鸦鸟一振翅,朝着太阳的方向去了。

城民们便依照金鸦鸟的指示,请蔷薇和茉莉双双做了女王,米兰入宫做了她们的国师。三个姑娘即便主宰了王国，照旧勤劳和善良。没过几年，蔷薇和茉莉的王国渐渐富足起来，不逊于曾经富人城的景象。至于那边的生活嘛，三个姑娘虽然也曾偷偷地嘀咕过，但从此再没有人知道是如何的景象了。

青雀儿和乌聆牧跟着村庄里的马车一路经过了三天三夜，听村庄里的婶婶们讲完了两姐妹的传奇故事，终于来到了蔷薇和茉莉的王国。他们直接去了如今的王宫。那宫殿虽不十分华丽，却整整齐齐漂漂亮亮，连城里的街道也都干净鲜丽。村庄里的妇女们进了宫殿，与迎上来的蔷薇茉莉热烈地拥抱，她们就像久别的亲人一般和睦。青雀儿直被眼前这一幕感动了，此时才明白为什么昂丽香会那么喜欢这对姐妹！她们不仅漂亮，而且真诚，一丁点儿也没有女王的傲慢！

青雀儿和乌聆牧被介绍给了两位女王，蔷薇和茉莉热烈地跟乌聆牧王子打着招呼，又亲切地给了青雀儿一个拥抱。知道他们是听了昂丽香的建议才来到这里，姐妹俩反倒羞涩起来："实在太过赞美啦！我们哪有那么出色！倒是昂丽香妹妹，很是一位出色的女王！"

后来青雀儿把昂丽香的事情说了一遍，自己和乌聆牧如何帮助天罗国一起打败了夜蠓国，昂丽香又是如何从此卸甲去做了村女……蔷薇和茉莉齐齐赞叹："昂丽香果然是与众不同的姑娘！就该这样，怎么快活便怎么去生活！"

几个青年年龄相仿，性情相投，聊什么都觉开心。他们聚在一起谈了整整一下午，丝毫不觉得疲倦！

最后说到正题，蔷薇和茉莉却不得不抱歉了："可惜，我们姐妹并不是你们要找的那个人。"

青雀儿和乌聆牧也觉得失望，不过已经失望了数次，习惯多了。

蔷薇和茉莉苦留青雀儿和乌聆牧多住几天："你们这一路辛苦久了，不如多休息休息，攒够了体力，行路更快。毕竟磨刀不误砍柴工啊！"

青雀儿也实在不舍得就此与蔷薇和茉莉分开，可怜巴巴地望着乌聆牧。十九王子心有不忍，只好展颜道："好！便先住下吧……"

几个姑娘开心不已。到了夜里，又叫上米兰，四个女孩同住一屋，把这天南海北的见闻，一直聊到天亮。

一连住了五六日，青雀儿和乌聆牧实在不敢再耽搁下去了。四个女孩依依不舍，蔷薇和茉莉早装好了一袋金币，硬让青雀儿和乌聆牧随身带着，以备不时之需。她们许下了再见面的约定，青雀儿心下笃定：相念的人会再相见……

第六章　美人国

与蔷薇、茉莉依依惜别，青雀儿随着乌聆牧又再起程。关于去向，他们并没有头绪，不知该往东往西，只知道朝着有人迹的地方一直走。足足走了七八天，已经累得筋疲力尽，人烟却渐渐稀少起来。此刻他们正陷在一片高阔的灌木丛中，日色暗沉，已近黄昏时分了。

"是该往东往西？还是往南往北？"青雀儿皱眉。

乌聆牧止住了脚步，他仔细端详着天空。但见有一种青紫两色羽毛的长尾鸟，成群地飞在天空，极是漂亮。它们忽而往南，忽而往东，忽而又往北……足足看了一盏茶工夫，乌聆牧笃定地说："走，咱们往西边去！"

"这是为什么？"青雀儿十分不解。

"瞧这鸟儿不像寻常的家雀，这么漂亮的鸟儿肯定知道要往人烟少的地方飞才安全！"

于是两人牵牢了骏马，往西行去，一路被灌木丛刮破了衣裳，却渐渐看着了光亮，终于走出灌木丛后，一座小小的城门赫然就在眼前!

二人惊喜非常,直奔向城门的守卫处!青雀儿刚想上前询问,只见城门的卫兵们紧紧盯着他俩的面孔看了又看,惊声嚷叫起来:"快看!这两个怕是恶魔的化身哪!"

青雀儿和乌聆牧还未反应过来,携着兵器的守卫们已经扑上来驱赶他们:"走!走!快走!恶魔之灵啊,莫要靠近我美人国的都城!"

一听到"美人国"三个字,青雀儿眼睛亮了起来,她一边抵挡着兵器,一边高声喊着:"什么,这里叫美人国?!哎呀,那我们必是要进去看看了!"

守卫们一听这话,更加惊慌:"大胆大胆!我们美人国向来不许外人进入,更何况是你们这样恶魔转世的人!"

青雀儿真的生气起来:"喂!你们这兵鲁子实在无礼!我们客客气气地来访,倒被你们长枪短剑地赶出来!我今天偏要进去看看这美人国到底是什么神仙妖魔地!"

青雀儿仗着自小习武,梗着脖子便硬闯城门,乌聆牧一旁拉她不住,只得一跺脚紧紧跟上。城门处的守卫们已经团团围了上来,个个手里握有兵器,与这两人打斗成一团。青雀儿和乌聆牧当然不畏惧这些小国寡兵,不出几个回合便占了上风!守卫们有抱着头哀号的,也有朝着城里喊嚷的,青雀儿和乌聆牧径直往城门里闯进去,忽地天空一暗,乌压压的一片直扣下来!两个人还没反应过来,已经被一张粗绳大网罩了个结结实实!

略微等了片刻工夫,去王宫回禀的守卫们回来了:"国王说,先把这两个恶魔押进牢房,等过了公主的生辰再做发落!"

天黑的时候,乌聆牧和青雀儿被锁进了监牢里。青雀儿足足跳了几遍脚,把看守牢房的丑陋兵士们骂了个遍,这才一屁股蹲坐在地上。

"这是什么破城池?!看这些人一个个又无礼又丑陋,竟然叫个什么美人国!"

殊不知,就在乌聆牧和青雀儿绞尽脑汁想着怎么逃出监牢的时候,外面正发生着一场翻天覆地的巨变。

这里正是美人国。一座被国王乌吉萨小心敛藏、秘而不宣的城池。

趁着青雀儿和乌聆牧还没有逃出牢房,我们先来说说美人国的故事。

每一个阜盛的王国都有一个美丽的公主,美人国更是如此。

今天是公主其木雅二十岁的生日,举国上下欢腾一片。为了庆祝这位有史以来最美丽的小公主的双十生辰礼,美人国上下停工歇业,穿上自己最光鲜的衣装,大家聚在王宫前的广场上,与国王和公主一起共庆佳时!

国王宠爱公主,特地在王宫前的广场上设宴三天,彻夜狂欢,全国上下的臣民们无论年龄大小身份高低,皆可来此吃喝。席间有歌舞姬献艺、杂耍师表演,一时间美人国里欢腾无限!

其木雅公主在父王乌吉萨的陪伴下来到广场上,她穿着翠绿色的连身长裙,外面罩着海蓝色的坎肩,头发上戴着花环。公主正值华年,她的相貌是举国臣民心中无可匹敌的仙子!

  公主生日宴的第一天,正午时分,一位怀抱着孩童的妇人倒在了美人国的城门外。守卫拿凉水浇醒了妇人,她虚弱无力地道谢:"多谢守卫大哥了,我们母子已经几天未进粮米,刚刚这是饿昏了。"

  这妇人神色萎靡,说起话来声音也是弱虚虚的,怀里有个幼小的孩童一直窝着头熟睡,小小的身体被一条破布毯裹得严实。

  守卫便有些不忍,忽然心中一动:"你们来得也巧,正赶上公主的生辰,国王大宴臣民。索性你抱着孩子去王宫前的广场,吃饱喝足再上路吧。"

  这妇人一听,面露喜色,一迭声地打听去广场的路怎么走。

  守卫详细给她指了路,特别嘱咐她:"我们美人国是不许外人进出的,今天是看你们饿得可怜。你一定记住,吃饱喝足赶快离开,若被人知道是我放你进来,我定是要受牵连的!"

  妇人千恩万谢,连连答应着,抱着熟睡的孩子越过城门,急急奔着广场的方向去了。

  广场上流水的宴席摆满了佳肴,妇人匆匆忙忙凑上桌去,在几个岁数差不多的妇人旁边坐了下来。众人见她一脸饥色,怀里的孩子也毫无气力,都把面前的食物端给她吃喝。妇人先谦谦道了谢,才享用起来。她虽是饿极了,却并不狼吞虎咽,每一口都细细嚼咽。她一边小心着不把食物碎屑掉到衣服上,一边又用勺子舀了蜜糖果干蒸的甜饭喂怀里的孩子。母子二人吃了甜饭、吃了蒸糕、吃了肉馅和果馅的烤饼,最后端起一碗牛乳甜汤,妇人边喝着边赞叹:"这汤可真是好味啊!"赶紧又喂了怀里的孩子一些。

一旁的妇人们看着这对母子饥饿却不失礼仪的样子,个个都心生羡慕,几个人头对头地啧啧赞叹:"别看这女人衣裳是破的,可瞧她这一身规矩派头,大概出身也是不简单哪!"

汤足饭饱后,女人眼睛里有了炯炯的光彩,她摸摸怀里孩子的嫩脸,俯着头问:"阿康,肚子饱了没?"

孩子仰起小巧的脑袋、朝着母亲甜笑起来,周围妇人眼神也随之一齐移到了孩子的面庞。

那男孩子不过三四岁的年纪,却是眼里有星星、腮面如满月、唇红如玫瑰的样貌,头发细细软软,额前毛茸茸一圈泛着金黄的碎发……直至看到这里,周围的女人突然醒过神儿来,一阵阵惊呼起来:"天神啊!这怕也是个恶魔转世的人儿哪!"

周围人纷纷跟跄着后撤,你的衣衫扫到了碗盏、她的裤脚绊倒了矮凳,妇人和她的孩子周围乱成了一团,大家纷纷夺路而逃,连杂耍的艺人也停下了手艺往乱处瞧过来。

宴席一角的骚乱惊动了城楼上的国王,顷刻间国相就带着一队卫兵赶了过来。国相只往妇人怀里一看,正好那男孩的眼睛对上了他的,国相便是一惊,一句话不问,吩咐卫兵们:"看好他们,谁都不许离开!"

国相匆匆跑去跟国王回话,只在国王面前嘀咕了几句,乌吉萨黄金面罩下的眉眼已拧成了一团，他当即下令："叫辛婆来！"

美人国并不是个饱经沧桑的国家。十八年前，一位来自圣邦的大将军带兵作战，收服了这个部落里的首领，大将军见这部落里的人都蒙昧淳朴，茹毛饮血、衣不蔽体，忽生怜悯之心，便留了下来，自立为王。就是如今的国王乌吉萨。

乌吉萨一心爱民，带来了圣邦最丰美的粮食种子，因而百姓的餐桌上有了丰盛的饮食。他还专门请属下教导年轻人读书习字，因此家家户户的夜晚常伴随孩子的读书声。乌吉萨带来的御医教会了大家医术，原本天天被踩在脚底喂养牲口的杂草成了救命的良药。

因此这十八年来，举国上下过着健康和乐的生活，城里也越来越多长寿的老人。

国王爱民如子，老百姓也爱戴国王，每日为国王祈祷，愿神保佑国王健康幸福。然而臣民们又总是觉得国王没有那么幸福，因为他是一位独自抚养女儿长大的父亲。

王后在国王来到这里之前，就已去世。乌吉萨深爱王后，发誓此生不再续弦。他把对王后的爱全都放在了公主身上。百姓们还记得，十八年前国王骑着雄壮的黑马入城，胸前就抱着刚满两岁的公主，公主一路都熟睡在父亲胸前的襁褓里，进城时忽然醒来，面对眼前陌生的一切，咯咯笑出声来。城民们都对天发誓，从没见过那么美丽可爱的天使！

国王温柔地抱着女儿，低首问她："其木雅，你喜欢这里对不对？"

至今你去问城里的百姓：一生见过最美好的画面是什么？

十有八九的人会告诉你："当然是国王怀抱着公主入城的那一天。"

国王和公主因此留了下来。因为公主仙子一样的美貌，国王乌吉萨定国名为"美人国"。他经常对公主说："其木雅，这里是爸爸为你而建的国家。"

乌吉萨登基后不久，城民们就认识了随国王一同而来的神婆阿辛。阿辛是个看不出年纪的女人，你可以猜她是二十少女，也可以说她是八十老妪，她的面孔没有表情，也没有纹路，她不善言笑，她的眼睛深得像一口历经沧桑的古井。阿辛是神的使者，她来自魔鬼聚集的地方，是个降魔人。因为美人国拥有了一位渊博且无所不知的国王，臣民们慢慢了解到神与魔的世界，也才知道了有些恶魔的秉性是写在脸上的。丑陋便是魔性的彰显，唯有美丽者才真诚与良善。

每当有婴儿降生的人家，夫妇会不断在神前祷告，求神保佑自己的孩子能像公主那样美而良善。若是不幸落生的孩子有一张邪魔附体的脸，那就要在孩子两三岁的时候交给阿辛，由她来抚养，从此后这个孩子便是阿辛的孩子，与出生的家庭再无瓜葛。这是为了确保孩子不被魔域的使者带走。十八年下来，阿辛已经是几百个孩子的母亲了。

得到国王传唤，不到一顿饭工夫，辛婆就来到了那妇人和她的孩子面前。辛婆眼神定定地看着妇人，漆黑的眼珠像一眼深潭，她话不多，直接伸手到妇人怀里，要把孩子抱到自己手上。妇人当然不愿意，紧紧抱着孩子不放，又感觉到辛婆手上的力道之大，是自己无法抗衡的。孩子被拉扯得疼了，"哇哇"大哭起来，终究是亲生母亲心软，一摊手放开了孩子，连声呼着"阿康"，眼里急出泪来。

辛婆怀抱着孩子，神色平静柔缓，她对孩子说："你叫阿康？那么好吧阿康，从现在开始，我来做你的妈妈如何？我会用心教养你，让你博学且善良，把恶魔赶出灵魂。"

辛婆抱着阿康在卫兵的护卫下离开了，失去了孩子的母亲坐在宴席上长泣不止。刚刚的几个女人看着她伤心的样子，心有不忍，都拢过来安慰她，其中一个面色黑瘦的女人，众人管她叫阿琉嫂，阿琉嫂说："也罢也罢，你先跟我回家去吧。"

几个女人护送妇人到了阿琉嫂家里，那妇人渐渐止了哭声，先向众人道了声谢，又说："我是远来的旅人，名叫晏绥珠。"

紧接着晏绥珠就细问起这恶魔一说的缘由。

阿琉嫂黑瘦的面孔上些微有得意之色："我们国里的人都是善于相面的，光看脸就知道是不是内心藏着魔鬼。"

晏绥珠惊讶了："世间竟然有如此神奇的国家？聪慧的阿琉嫂，请务必告诉我这国家的名字，也好让行走四方的我再多一分见识！"

"喏，我们的国家，就叫美人国。"

"美人国？难不成这国里的臣民都是美人不成？！"

"那当然！"阿琉嫂挺挺腰板，"美人国里十有八九都是美人。你瞧我们啊,眼睛都像黑壮的熊,鼻子都像雄伟的狮,嘴巴张开可以吞进一整个熟透的蜜瓜。这样的美人,都是上天良善的使者转世!"

晏绥珠听到这个说法简直惊呆了,半天说不出话来。她细细打量周围女人的面孔,又确实如阿琉嫂所说的一样,个个都貌比无盐。她想到自己生就相貌平平,面黄肌瘦、眼神无光、鼻肿口阔,不由得问了一句:"那么,我的样貌……如何?"

阿琉嫂看着她,脸上露出了笑:"当然也是不错的!虽然跟公主比还差得远,但还算说得过去!"

这话真让晏绥珠倒吸了一口凉气。

几个女人一直陪着晏绥珠直到太阳落山,才渐渐散去。晏绥珠已止了哭声,她对阿琉嫂说:"能否让我在这里留宿三晚,三天后我一定离开。"

阿琉嫂说:"那有何不可?我丈夫去年病死了,而我的孩子,唉,也和你的阿康一样,在七年前被辛婆抱走了。如今这家里只剩我一个人,便是留你多住些时日也无妨。"

晏绥珠惊讶于阿琉嫂原来和自己有同样的经历:"那时候你也一定心疼坏了吧?"

阿琉嫂叹了口气:"万事由神灵做主,我们也无可奈何,辛婆自会洗净他的灵魂。但愿将来还有能见到我家璃花的一天。"

晏绥珠听到这话,低了头,久久沉思。

阿琉嫂说:"你不必伤心,也不必猜度未来,我们只管听从,上天自有安排。"

当晚夜深之时,晏绥珠坐在灯下,从薄薄的包袱里掏出一沓油纸并一把剪刀。油纸泛着褐黄,看着很有年头的样子。剪刀就是再普通不过的,与阿琉嫂针线篓里的并无二样。

阿琉嫂正准备睡下,瞧见晏绥珠在灯下拿着剪刀剪油纸。凑前一瞧,每一剪子下去都细致精巧,又瞧不出是在剪个什么式样。

"阿康妈妈,你这是在剪啥?"

"明天你就知道了。"

晏绥珠剪得认真,头也不肯抬一下。勾得阿琉嫂忆起了过往的伤心事:璃花被辛婆带走时,自己也是整整做了三天的针线活,不是不累,而是睡不着、不敢睡,一闭上眼睛,脑海里就全是璃花哭着喊"妈妈、妈妈"!

"唉,解解闷也好⋯⋯"

第二天阿琉嫂醒来的时候,晏绥珠还在拿着剪刀摆弄那张油纸,阿琉嫂凑上前来瞧,喜得一惊:"哎呀,你这手真巧啊!"

十指翻动,纸片随着剪刀灵巧地扭转,一个胖大的熊生动得几乎要翻身下地了!

晏绥珠也不答话,似乎除了剪刀和油纸,她的世界已空无一物。

当太阳升到天空最高处的时候,晏绥珠终于放下了剪刀。她长舒一口气,把大门敞开,对着这油纸剪出的熊絮絮叨叨念了许多话,阿琉嫂全听不懂。念完后她把纸熊往门口的地上狠狠一掼,霎时那熊竟成了真,活生生站在屋前伸了个腰,它把脊背一挺,直比阿琉嫂的屋顶还高出几掌!

"去吧,到广场去!"

晏绥珠说罢,那熊扭身便朝着广场的方向奔去。

阿琉嫂呆在一旁,心口有如擂鼓一般!

这是其木雅公主生辰宴的第二天,国王、公主依旧要和国民们共同庆祝。广场上的饭食刚刚摆好、舞娘已经开始扭动腰肢,一切都美妙如昔,然而不多久后,宴席就被一头莫名跑来的高大猛熊搅了个稀烂!

阿琉嫂还在屋里,就听到风风火火往家里跑的街坊四邻。

"快跑啊!熊要伤人啦!"

"熊踩翻了酒肉饭食,魔术师被它从架子上一掌掀翻了,卫兵的脸也被它一掌拍花了!"

……

阿琉嫂和阿康妈听着广场方向传来号叫一片,家家户户阖门闭户,国王和公主不得不在卫兵的护送下匆忙回了宫殿!

等广场上空了,一切静下来了,晏绥珠一开门,熊停在了阿琉嫂门口。她也不言语,去灶台底下抓了一把柴木灰,照着熊身上一扬,那熊轰然倒地,一片油纸照旧落在地上。

晏绥珠拾起油纸,又再拿出剪刀坐在窗边剪了起来。

傍晚的时候,流言就传满了街巷。

"那熊有着公主一般的眼睛啊,国王不是说这是良善的象征吗?"

"是啊,看它黑壮的样子,与我等美人们并没什么分别,怎么会伤了这么多无辜百姓?!"

"难道长相美的也有可能是恶魔投胎?"

……

阿琉嫂闷闷听着这些,一句不敢张口。

第二天至午,晏绥珠又忙了一夜,这次是个狮子样的物件。她照样像昨天一样,口中念念有词,把纸狮子往地上一掼,那狮子仰头一声巨吼,把阿琉嫂吓得失了三魂六魄!

这是公主生辰宴的最后一天,经历了昨天的突袭,广场上的人稀可罗雀,大家都惊魂未定,不敢随意出门了!侍卫们还是奉了国王的命令,准备了吃食和歌舞。那些表演的艺人,个个面露哀色,歌唱得音调都颤颤巍巍。其木雅公主今日并未现身,只有国王乌吉萨依旧坐镇城楼上,面具下的眼神更加凝重。

与昨天一样,广场上的宴席刚开不久,又一声声哀号传来。大家比昨日吼叫得更惨,臣民们比昨天跑路的速度更快!不一会儿就传来狮子在宴席上伤人的消息。

"狮子咬伤了侍卫,一口下去那卫兵就没了半条胳膊!"

"狮子咬死了牛羊,好多家都遭了难!"

"那狮子有公主一般的口鼻,怎会是吃人的恶魔?!"

"国王说熊眼狮面者为至美,是天上的使臣转世,怎么会有这样恶毒的天使?!"

……

国王比昨天更是受惊，急急回宫躲避。等到太阳渐渐往下走的时候，狮子跑回了阿琉嫂家门口，晏绥珠又是去灶台底下抓了一把柴木灰，照着狮子身上一扬，狮子也是轰然倒地，依旧一片油纸落在地上。

晏绥珠收起油纸和剪刀，对着惊魂未定的阿琉嫂说："这两天的事情你最清楚。现在就有劳你去禀明国王吧。我不会离开，会一直等你们来！"

当晏绥珠站在国王的书房里时，只有其木雅公主在这里玩耍。国王的近侍都已退下，侍卫长示意公主回避："陛下说要单独审问这名巫妇。"

其木雅公主放下手中的书卷，立起身不情愿地往外走。走到晏绥珠身边时她停住了，直刺刺地看了晏绥珠半晌，公主忽然说："我知道你的孩子被辛妈妈抱走了，你心里定然不舍得。可这也是没办法的事呀，为了臣民们的安稳生活，恶灵总要被拘禁不是吗？"

公主说话的语气竟是这般轻柔和缓，与她那雄悍的面容似乎毫无关联，这令晏绥珠深以为奇。

"美人国的法律，从我记事起就是这样。虽然我没再见过那些被抱走的孩子，但我相信辛妈妈一定会疼爱他们的，辛妈妈是那么善良……"

公主话犹未完，外边已经响起"国王驾到"的号令。公主的脸上露出了笑容，晏绥珠竟然从这面容上看到了"猛兽的慈悲"。

其木雅快步扑进正疾步走来的父亲怀里，抱着父亲胳膊撒娇，又似在探问："父亲，你准备怎么处置她？"

"其木雅，你去花园里玩吧。爸爸一会儿就来陪你。"国王并未回答公主的话。

公主临走时，回望了一眼，晏绥珠觉得落在自己身上的眼神，是暖的。不过，看到了公主的样貌，比阿琉嫂描述得还要"美貌"几分，她登时有了主意。

在国王面前，晏绥珠并不跪拜。她抬着眼直视着前方的王，一张黄金面具将嘴巴以上全部蒙住，只看到他的嘴唇棱角分明、他的眼神峻冷如铁！

"你，叫什么名字？"国王并未要求她像臣民们一般拜伏在自己脚边。眼前的这个女人，让乌吉萨感受到了五十年来从未遇到过的分量和挑战！

"我是阿康的母亲。我叫晏绥珠。"

"晏绥珠？你不是我国中人？"

"我来自东海边。因腹中饥饿难以行路，听闻公主寿辰大宴臣民，也想来讨一餐饱食，原本是打算受完公主的福祉就走的。"

"熊和狮子的事，我要听你说个明白。"

晏绥珠知道国王必定会问这个，她解下身上的薄包袱，摊开了是油纸和剪刀。

"幻术而已，我自幼跟母亲学过一些。"

"你用幻术伤人，更是毒劣，按罪应当枭首！"

"我是个再平凡不过的妇人，陛下要我的脑袋做啥？！留着这条性命,我还要换回我的阿康呢。"

"你是说,愿用你的命换你儿子?"

"尊贵的陛下,我的性命对您来说毫无用处。但留着我这条性命,能帮您解开一个多年的心结。"

国王一声冷笑:"荒唐!我有什么心结!"

晏绥珠镇定自若地笑了。

"我能让公主变成这天底下最美妙的女子,雪山的仙女也不及她的姿容,波斯的公主也汗颜于她的风度。而且,陛下知道我能,这世上只有我能!"

国王定定地盯着她的眼睛,四下里安静得如同无物,半晌国王挤出一句话:"公主已经是天下最美的女孩!"

"这不过是您自造的谎言罢了!对那些活在井底的蒙昧臣民,糊弄糊弄无妨。但谎言终究会被真相戳穿,美人国的大门无法世世代代关闭,今天我死了,明天还会有其他人破城而来。到那时,公主的真颜自有世人衡量。真到了真相大白之际,不知道公主稚嫩良善的心灵,能否承受住这泼天的谎言?"

国王沉吟了。

"我明白,编织了十八年的谎言,一旦捅破,必然会引来众议纷纷。但公主的未来还长着呢,她的一生不止一个二十岁,她日后也会做母亲、做祖母,她会是未来的女王,大概陛下也不想因为一个谎言,让后代背负起无尽无休的负累吧?"

"我怎么能相信你?"晏绥珠从国王的眼神里瞧出了左右衡量的艰难。

"您是一个父亲,我是一个母亲。您爱女儿如生命,我也视阿康为一切！我只要我的孩子平安无事！如今我唯一的软肋握在陛下手上，陛下还有什么不可信任？"

乌吉萨背过身去，夕阳的余晖落满他黄金的面具。

第二天清晨，侍女们已经端着脸盆绣帕候在公主的寝殿外。公主通常会在这个时辰醒来，然后赖一会儿床，等公主的贴身教养乳娘在门外第二遍轻声催过，里面便传来娇柔的呵欠声。其木雅犹还睡意未尽，但父亲教导过她，身为一位公主，是不可以由着性子懒惰的，不论什么事情，绝不能让教养乳娘提醒第三遍，否则就太不符合一位公主的教养了。

其木雅虽然娇憨，却对父亲的话言听计从，在她内心中，父亲是天神一般的存在，他慈爱、善良、威猛、忠贞……从她十六岁以来，内心就常常充满了矛盾：她庆幸自己能有这样一位世间卓然无二的父亲，同时又暗暗期待能有另一个像父亲一样的男子成为她的丈夫！

侍女和乳娘们渐渐听到了里面传来公主起床的声响，她们直了直腰，就等着公主一声传唤，立马开始今天的工作。当侍女们抬头挺胸等待召唤时，王宫大殿里的侍卫们已经整肃精神迎候在宫殿里，花园里的花匠们正剪下最艳丽的玫瑰送往各处宫室。

多么艳媚的清晨啊，以至于当公主的寝殿传来那凄厉惊恐的叫声，所有人都慌乱不适！这样的惨叫，和这样的早晨，太不相配了！

从这天起，王宫里再无晴日了。

公主一连数日没出过寝宫，那天早上伺候公主的侍女和乳娘依旧每日里给公主端茶送餐，但国王不允许她们透露任何关于公主的消息。

原本活泼的侍女突然变得沉默寡言，教养乳娘更是愁容不展。每日里端进去的饭食茶水，公主丝毫不动，一盘盘一碗碗又原样地端出来。乳娘泪流满面地去禀告国王，公主气息奄奄、连恸哭的力气都没了。

这天晚上，乌吉萨不带一名侍卫，悄身来到了女儿寝殿。他支退了侍女和乳娘，屋子里只剩他和女儿两个人，乌吉萨内心极为忐忑，他不敢面对现在的其木雅，他总寄希望于时间、希求时间能带走女儿的痛苦、让她接受真相、接受现在的自己。可如今看来，时间似乎并不总是那么有效的良药。

其木雅蹲坐在床前的暗影里，她把面容深埋在两膝之间，从背后望去，肩膀已然单薄了许多。

"其木雅，我的女儿。"

这是来自父亲的呼唤，让其木雅的肩膀为之一颤，她多想像往常一样扑进父亲怀里痛哭一场！然而抬起的头迅速又垂进了暗影里。

"父亲，你别过来！我现在的样子很可怕。"

其木雅带着哭腔的声调让人心疼极了！乌吉萨走到她面前，泪目地用双手捧起了其木雅仍想挣扎的脸。

一瞬间，乌吉萨的心跳几乎停止！他说不上那是欢喜、还是哀伤，他心里全是自己哭出的声音："其木雅，你要是一出生就是这样的一张脸那该多好！"

乌吉萨面前的其木雅，如今是美人国传说中至恶之灵的样貌：她的脸蛋像五月里的粉杜鹃，嘴巴像是秋天里熟透的红彤彤的海棠果，眼睛好像传说中的东方灵狐。公主如今的相貌，比任何一个被辛婆抱走的魔灵，还要恶上百倍！

乌吉萨老泪纵横，他声音颤抖得厉害："其木雅，你比你母亲的样子，还要更美啊！"

"父亲！你是受到了惊吓是不是？我也不知道自己为何一觉醒来就成了这副样子？我做了什么恶事吗？上天为何这样责罚我？父亲，你也吓坏了是不是？"

乌吉萨望着无助的女儿，深深叹息。他犹豫了好久，还是缓缓解下已跟随自己十八年的面具。十八年来，他从未在任何人面前露过真容，即便是自己的女儿。他一直声称自己的面容因战争所毁坏，臣民乃至公主，看到的也仅仅是一个身材峻毅、眼神睿智的国王和父亲。没有人见过他的样貌，以至于其木雅生平第一次真正看到了父亲的真容，颓然倒在了墙边。

那是真正的绝望！

眼前的父亲，有着一张和如今的自己同样魔灵的面孔，虽然男人和女人的面孔有所不同，但从那深海一般的眼睛里，公主隐隐约约感觉到，有些事情，似乎无可挽回了。

"其木雅，接下来爸爸跟你说的话，请你一定要理解。不要管这其中的是非对错，我只是一个父亲，一个不希望女儿受到任何伤害的父亲！"

二十年前，乌吉萨还是圣邦之国的大将军，他骁勇善战、并且英俊不凡，他的妻子也是天下难得的美人，他们伉俪情深，婚后多年才迎来了爱的结晶。

但女儿一落地，直接把接生婆吓到了！这婴孩生得眼如熊瞎、鼻如斗牛，哭起来时嘴唇的两角足能够得着两侧的耳根。将军夫人看到女儿，一声惊呼晕了过去！

英俊的大将军和美貌的夫人却生出了一位奇丑无比的女公子，一时间成了全城的笑话。在圣邦之地，人人羡慕貌美之姿，事事以美貌者为尊，女仆们私下也偷偷嚼舌，说将军英武、夫人端丽，怎么会生出如此丑陋的女儿？！除非……她们甚至挖空心思寻找夫人不贞的蛛丝马迹，比如，大将军征战在外时，夫人曾独自去过哪里？还比如，夫人回娘家时护送她的车夫里有一位的面貌就丑陋不堪，难道？再比如……

其木雅的出生，成为了举国上下的笑柄，她的母亲因她备受屈辱和嘲笑，不久郁郁而终，那一年，她还不满两岁。

夫人去世，大将军乌吉萨悲伤不已，发誓不再续弦，要好好抚养其木雅长大。恰逢夫人去世的那一年，乌吉萨奉命征战异邦，得胜回朝的路上，经过一蒙昧之部落，里面的人未经教化，不辨美丑，纯然天真，大将军忽然心生一念。回师后乌吉萨向皇帝请辞回乡，遣散了家中仆役，只带了几名忠贞不二的随从，打包了家中资财，整理了一批先进的农具、书籍，马车里还备齐了几口袋的种子，可以种出粮食、菜蔬和药材。乌吉萨戴上遮掩俊容的面具，怀抱着年幼的其木雅，丝毫不留恋这圣邦繁华，去了那异邦部落。

乌吉萨以自身之神威气概征服了部落众人，自立为王。他爱民如子女，和随从们亲自带领百姓播下种子，到了第二年，粮蔬大获丰收，百姓们点着篝火在城里歌舞欢庆了整整三天！随后他又请随从们教大家读书认字，刚刚学会说话的孩子也都被父母抱在怀里一起跟着师傅念诵书文。美人国臣民从此变得越来越谦逊有礼，见面都拱手致意。

第三年的时候，美人国发生了一场大火，几乎烧掉了一大半的农田庄稼，百姓们哭喊着去救火，最终挽回的损失也只是寥寥。

灾难过后，乌吉萨请来神婆阿辛占卜，最后得出结论是恶魔作祟。而美人国中恶魔不少，这也是为何之前部落里大家吃不饱穿不暖，日子刚刚兴旺起来又要遭受灾难。因为恶魔不会允许善良的人们过上好日子！

这话让所有人愤慨并且恐惧。这就是说，有恶魔存在一天，美人国就永无宁日。国民们齐齐俯身下拜，恳请无所不知的国王扫除恶魔，让大家过上安稳和乐的日子。

国王面具下的眼神却充满了为难。他告诉大家，恶魔是寄居在某些人身体里的，它们从这个人一出生就开始侵占他的灵魂和躯体，随着他们一起成长，与每个人身体里善良的本能搏斗，最终有一天，恶魔巨大的力量会摧毁善良，这些人便成为十足的恶人，为祸人间。

随后乌吉萨教会大家如何辨别被恶魔侵占的躯体，那些人有着一双深邃的眼睛，那是能溺死人命的深海，他们还有着焰红的嘴唇，那是可以摧毁一切的火焰。他们也许还有雪山一样白的肤色，那是可以冻结一切生命的冰雪。

乌吉萨说完这话，很多人沉默了，因为他们或是他们家里，就有这种被恶魔侵占的肉体。而那些与恶魔毫无干涉的国人，则强烈恳请国王处置恶魔，否则对于大多数人民而言，就要不断地等待灾难降临！

国王沉吟良久，终于说出了对付恶魔的办法，就是把这些人圈禁起来，交由神婆阿辛看管，阿辛具有驱魔的能力，经由她的调教，定然可以赶走恶魔。

很多像阿琉嫂一样的家庭，虽然不太情愿，但为了生活顺当，也只得把"恶魔"交给阿辛。自此，美人国风调雨顺，和乐安康。

"其木雅，我的女儿，为了你，我建了这一方美人国，爸爸只是不希望你受到流言的伤害，不希望你在众人的口舌下畏缩地活着。你那么可爱，那么善良，不论你的样貌美丑，都是我和你母亲心上的至宝！"

"不！父亲，是你厌恶我的丑陋对不对？世人伤不到我，只要我有亲人的爱护！真正伤害我的是你，是你心里厌恶我的丑陋，才要撒这样的谎来蒙蔽世人！"

女儿一番话，倒让乌吉萨怔住了。

"父亲，我不需要这样虚伪的美貌，我情愿像二十年来一样，丑陋而真实地活着！"

"其木雅，现在你已经有了仙子一般的美貌，别担心，父亲一定想办法扭转臣民们的观念，你依旧会是他们心中美丽善良的公主！"

"可是，父亲，你用面具遮住自己的面容，从来都是用一张假面来面对大家。没人看得见你的喜怒、也没人知道你的性情，你的欢喜悲伤全部隐藏在无人知晓的孤独世界里。如此十八年了，父亲，你真的快活吗？"

女儿这句话，乌吉萨无言以对了。

乌吉萨还记得晏绥珠临走时说过的咒语："万物成灰，幻影自灭。孰真孰假，皆是心魔。"

他以为自己应该永远都用不上破这幻术的咒语，晏绥珠却说："或许有一天用得上。那是当您心魔尽除的时候。"

乌吉萨找来草木灰，对着女儿说："其木雅，今天你真正成年了。因为今天，是你选择了自己的人生。"

其木雅目光澄澈，她说："我只是想做我真实的样子。"

当国王走出公主房门时，宫殿外聚满了美人国的臣民。每个人的脸上都充满了复杂的表情，有愤怒、有疑惑，也有犹豫。十八年来，乌吉萨一直是个好国王，除了他让辛婆抱走的那四百个孩子，国王乌吉萨几乎完美无瑕！

臣民们一个个肃立在宫殿之外，他们其实并不知道该如何对待眼前这位睿智的国王、这位狡猾的骗子、这位掳走了那么多孩子的恶魔！

乌吉萨十八年来第一次以真面目面向大家，他坦然一笑："既然如此，我就带着我的其木雅离开了。"

其木雅恢复了往日的样貌，臣民们说不清这到底是美还是丑。只见乌吉萨跃上骏马，抱起了女儿："其木雅，我的女儿，爸爸带你去寻找新的家！"

国王的骏马飞奔出城。所有人目送他们离开，心里说不出什么滋味。

此时青雀儿和乌聆牧也被释放出监牢了，他们策马朝城门外去，恰好遇上乌吉萨带着其木雅出城，国王揭下了面具的样子把守卫们活活吓住了，嘴里结结巴巴只会说："国王陛下，您，您……"

青雀儿和乌聆牧一对眼神，迅疾掉转头，去追国王的黑马，他们喊道："喂，国王慢走！我们有人命关天的大事想要请教！"

乌吉萨转过身，公主的面容直把青雀儿和乌聆牧吓了一趔趄，这简直比那看牢的守卫还要吓人几分！

这几天的监牢经历，让青雀儿一口气一直堵在喉咙处："哼，国王陛下，我们从遥远的栖月国赶来，却足足被你们关了这些天的大牢！这实在太无礼了！"

国王毫不理会他们，自顾前行。

青雀儿一路追在后面问："喂喂国王莫急着走啊！既然这国叫美人国，我们想请教一件事，您所见过的这世上极美的人是谁？"

乌吉萨嘴角漾出一个慈爱的笑容，他看了一眼怀中的女儿："这世上的人哪，没有比我的其木雅更美的！"

其木雅依恋地望着父亲，乖巧地微笑。

青雀儿和乌聆牧倒吸一口凉气，心想：这国王真会说笑。

乌吉萨看了他们一眼,叹了口气:"算了,你们未必能理解一个老父亲的心。这人世间啊,皮囊的美丑都是幻影,你最心爱的人,才是至美的人!"

乌吉萨带着女儿其木雅消失在了尘寰里,只留下青雀儿和乌聆牧在原地愣愣地发呆。

辛婆把四百个孩子释放了出来,他们其中的很多人已经成为了壮实的青年和灵巧的少女。辛婆这些年并未亏待他们,教导得一个个知书识礼,臣民们倒因此十分念着国王的好了。

美人国重新推举新任国王。但这四百个回归的孩子,大家仍不知该以"美"还是"丑"来评断他们。

美还是丑,真的有那么重要吗?

美人国依旧叫美人国。

第七章　白九斤

从美人国往西径直走了两天两夜，湿濡之气越发浓重，衣衫粘在四肢上，青雀儿皱着眉头抻抻臂膀："这鬼天气，着实让人不爽快！"

乌聆牧抬眼望着天："妹妹莫恼火，瞧这天色，似乎有雨要来。"

果然，两人又往西走了不到一两顿饭的工夫，才刚大白的天色越来越黑透了，风渐渐凌厉起来，夹杂着尘沙，青雀儿眼看着树叶夹缠着沙石裹了一个接一个的旋儿，不禁更握紧了缰绳："嗬，岂止是雨，简直是泼天大雨哪！"

乌聆牧在越来越疾烈的风沙中猛然勒住了马，他朝远空望去，见天有黑气，被风裹挟着在空中越来越急促地绕成巨大的旋涡！

乌聆牧王子大喊出声："不好！是龙旋风！"

青雀儿还没醒过神儿来，一股巨大的风浪已席卷过来！她来不及惊呼，被裹挟到了风窝的中心！随后又是乌聆牧！二人的身躯随着大风卷绕，被吹晃得头昏脑涨，青雀儿觉得自己的脸颊手臂被风里的沙石割得生疼！身体却不由自主随着疾风行走！她几乎难受得要晕过去了，四周沙石乱溅，眼睛一丝不敢睁开！

这种痛苦持续了好久，终于"啊呀"一声痛呼，摔到地上！青雀儿缓缓睁开眼睛，乌聆牧王子正摔落在她身边。两人大口大口吸溜着带有泥腥味的陌生气息，庆幸还能保住小命儿，唯一懊悔的是："唉，马匹没了，接下来可怎么赶路？！"

还未来得及把脚力的事情展开细细商量，乌聆牧已发现了周围的不对劲："糟糕！我们这是掉进了哪里啊？！"

青雀儿已经在这方寸之地急得跳了半天脚了，这会儿一屁股蹲坐地上，气得鼻子直哼哼："这是什么鬼地方！凭空挖这些陷阱做什么！"

乌聆牧和青雀儿陷在阱里有一顿饭工夫了，瞧这陷阱足有三四人之深，四壁光滑，像打磨过一般，青雀儿努了半天力要往上爬，回回又摔回到最底处，"这天杀的鬼陷坑，竟比朵不花住的高塔还难爬！"

乌聆牧细细观瞧，跟寻常捕猎的陷阱不同，这里面并无动物的气味，四壁周遭打磨得干干净净不说，底下竟铺有厚絮絮的草垫。因而两个人从那么高的地方摔下来也不觉得十分疼。

"好妹妹，先别抱怨了，你这么大声嚷着我听不见外面的声响了。"

乌聆牧一直贴在阱壁上竖着耳朵听，不敢放过一丝声响。

半天,似有草丛间沙沙的脚步声,两人一喜,青雀儿高声嚷起来:"可有人路过吗?哪位好心人帮帮我们啊!"

脚步声渐渐近了,随即一张面庞就从斗笠大小的天空处覆过来。

那是张女人的面孔,似乎是个少妇的模样,她逆着阳光,并不十分能看得清相貌。只觉得是淡琥珀色的脸颊,一双杏子眼在这暗阱深处显得格外幽深。

青雀儿急急地踮着脚扑过去:"喂喂,这位善心的好姐姐啊!我和哥哥是远游的旅人,被旋风刮落到这陷阱里。姐姐帮帮我们,快喊人拉我们上去啊!"

那女人嘴角一撇,勾出一个颇可玩味的笑:"放心,你们自然是会出去的,用不着我费力气去张罗人。"

说罢她扭头四处打望,像是在远处寻找什么,接着对青雀儿说:"你们且养养神,多等一时半刻吧。马上就有人来了。"

说着竟起身走了。

青雀儿急得在里面跳脚,喊了半天"喂喂,你回来!你快回来呀!"

乌聆牧拉住她:"妹妹莫急。看这女人不像歹毒之人,应该不会诓骗我们。既然有人知道了我们在这里,定是会来救我们的。"

青雀儿小嘴一噘,又蹲坐回草垫上。

果然如那女人所说,不出一顿饭工夫,便听上面闹闹嚷嚷起来,似乎有好大一队人疾疾地拢过来。青雀儿和乌聆牧立着身仰着脖张望,终于见有人一个接一个地围过洞口来,个个都神色好奇地俯望着他俩。

众人把洞口围得密密匝匝，青雀儿几乎见不到光亮了："各位好心人，快些拉我和哥哥上去啊！"

"哟，还是兄妹俩呢！"

"这哥哥的模样真是俊秀啊！蓝朵娜这次运气实在不错！"

"嘻嘻，是比上次那个哈古拉要强十倍！看来今晚有喜酒吃喽！"

身处阱底，乌聆牧和青雀儿并不明白他们在议论什么，心中隐隐有了些不妙的预感。此时洞口处人声又沸腾起来："蓝朵娜来了，蓝朵娜来了！"

正说着，洞口的天空处张开了一道缝隙，接着一个女人的脸挤了进来，她只朝阱底望了一眼，便羞赧地低下了头，脸蛋上满满都是笑。

青雀儿也顾不上那许多了，使尽了力气冲着人群喊："好心人哪，莫要七嘴八舌耽误工夫了，快拉我和哥哥上去啊！"

众人于是挤眉弄眼地推搡那个叫蓝朵娜的女孩，她抚了一下通红的脸蛋，娇滴滴地捏着嗓音问道："阱下的人儿啊，你要实打实地告诉我心里话，你可是诚心希望顺着我的藤儿爬上来吗？"

不待乌聆牧张嘴，青雀儿抢着就答："当然！我是这么想的，我哥哥也是这么想的！"

蓝朵娜又问："阱下的人儿啊，那你可愿意随我回家，喝上一杯新酿的甜酒？"

青雀儿摸不着头脑，只得答道："这当然最好不过啦！我是愿意的，我哥哥也是愿意的！"

蓝朵娜再问："阱下的人儿啊，若是明天早上醒来，你可愿意为我把家里的水缸挑满？"

青雀儿和乌聆牧面面相觑，此时此刻也只得回答："这有什么不愿意的呢？！"

蓝朵娜心满意足了。大伙儿一阵阵欢呼，随后把一根小臂般粗细的藤条扔了进来，先是青雀儿，又是乌聆牧，都顺着藤条爬上洞口来。

接下来那些爱玩笑的人就开始起哄了。

"哇哦！哇哦！太阳一落，喜事就成！"

"蓝朵娜找到了新夫君，这是她的第三个！"

"三夫一妻睡一床，来年娃儿认爹忙！"

……

这话听着莫名其妙，急性子的青雀儿忍不住了："哥哥们，婶婶们，你们这说的到底是什么意思？我和哥哥听着真是没头没脑呢！"

"小妹子啊，你哥哥刚刚结了亲事，今晚你便要做小姑子啦！"

乌聆牧和青雀儿狠狠吓了一跳："莫开玩笑！这是什么时候的事？！"

"就刚刚啊。"

乌聆牧也急了："刚刚哪有定什么亲事？"

便有几位妇人叽叽喳喳起来："这位青年，莫不是你要悔婚不成？！"

... 155

"刚刚蓝朵娜问你'可是诚心希望顺着我的藤儿爬上来吗?'你妹妹回答说'是啊,我和哥哥都是。'蓝朵娜又问你'可愿意随我回家,喝上一杯新酿的甜酒?'你妹妹又答'这是最好不过啦!'蓝朵娜再问'若是明天早上醒来,可愿意为我把家里的水缸挑满?'你妹妹再答'这有什么不愿意的呢?!'瞧,这亲事明明就在我们眼皮底下谈妥的呀!"

这下青雀儿和乌聆牧都慌神了,青雀儿连连摆手:"我只是想请各位兄弟婶婶救我们上来,哪里有答应什么亲事啊!"

"可在我们巫娥国的寨子里,亲事都是这么谈定的呀!"

青雀儿和乌聆牧急得脸通红,众人见这情形,便说:"既然这样,快带他们去见赛尔姐吧。"

乌聆牧和青雀儿此刻所在的,是巫娥国西南的一个村寨。这里世世代代女为首领,统领寨民。寨子里的女人到了要成婚的年纪,便听从天神的安排,等候姻缘。她们在附近的林子里挖上一个个三四人高的陷阱,如果有男人掉入了陷阱,便是天神赐予的夫郎。即便是与夫郎成婚后,再有其他男子落入了她的陷阱,也照样可以一起生活。这寨子里有些女人有很多夫郎,而蓝朵娜的母亲赛尔姐是拥有夫郎最多的女人,她一生蒙天神所赐,有十七次姻缘。如今他们之中还有好多位与她在一起生活。她生育了三十个孩子,因此赛尔姐是寨子里最有威望的女人。蓝朵娜便是她最年幼的女儿。

寨民们一路上把这巫娥国的风俗人情给这对兄妹说了个大

概，乌聆牧叫苦不迭，青雀儿虽也是烦恼，还不忘了打趣乌聆牧："若是不行，牧哥哥你便娶那蓝朵娜做个王妃吧。瞧她模样也蛮美的，相貌倒配得。唉，只不过呀，要跟其他两个男人共侍一妻，这可有点羞人喽。"

乌聆牧狠狠剜了青雀儿一眼：都什么时候了，死丫头还有心思玩笑！

寨子不大，转眼到了蓝朵娜家。这里宅院宽敞，十几间房舍紧挨在一起，一些男男女女在院子里出出进进，不知是赛尔姐的夫郎们还是儿女们。

他们平常如何相处？又是如何称呼彼此？更是如何在一起生活？

"唉，真是乱得很！"青雀儿想不明白，直用小拳头敲打脑袋。

众人推着乌聆牧和青雀儿进了院子里最大的一间屋子，蓝朵娜早已先跑了回来，依偎在一个白发老妪怀里。那老妇人的脸活像已经生长了百年的松树干，皱皱不已。但她腰身笔直，坐姿如钟，尤其那双眼睛，扫过来的时候，乌聆牧和青雀儿浑身一凛，如鹰。

"就是你？"

赛尔姐并不理睬青雀儿，她只盯紧乌聆牧。

乌聆牧手心攥满了汗，上前行了礼："赛尔姐夫人，我们是远来的游人，被狂风卷进了陷阱中。今天多亏蓝朵娜姑娘和寨子里的乡亲救我们出陷阱。我们兄妹二人感恩戴德，等将来回到了家中，定会派人送来最贵重的礼物答谢！"

这话摆明了是不肯承认婚约，蓝朵娜霎时变了脸色，阴沉着起身冲出门去。

赛尔姐仍很镇定："听你这话是不想接受天神赐予的这份姻缘了？"

乌聆牧赶忙说："我们实在是来自异国他乡，并不懂得这里的风俗。想来天神也是能体谅宽宥的。"

赛尔姐的眼神越发阴翳。

这时候人群中不知谁嘀咕了一句："呀！这青年不认这桩姻缘，那就是要洗寨子啦！"

青雀儿耳朵灵，扭头就追问："什么是洗寨子？"

"谁要想拒绝天神赐予的姻缘，便要用牲口祭祀神灵，再请全寨的人吃上三天酒宴，就等于退了这门亲事了。这就是洗寨子……"

那人还未说完，冷不防被赛尔姐刺过来的眼神吓得住了口。

青雀儿喜滋滋地拉着乌聆牧说："牧哥哥，我们洗寨子！洗了寨子就解了婚约啦！"

乌聆牧顿时松了口气。

赛尔姐见情形已然如此，不便再言语，起身走出门去。

今天可谓是全寨人的大日子，算起来，巫娥国已足足十年没经历过洗寨子的盛况了！上一次还是赛斯那个一根筋的，死活不肯答应阿妮兹的婚事，他嫌弃阿妮兹貌丑，倾其家财又借了巨债洗了三天寨子，不久后负债累累被债主上门逼迫，再后来就借酒消愁淹死在了河里。此后就流传起一个说法：洗寨子是强拗天意，即便是回绝了天神的姻缘，也会惹怒神灵，必遭厄运！

自此之后，无人再敢违拗天意。

青雀儿从蔷薇和茉莉赠予的一包里掏出了十个金币，买酒买肉都交由管事的金帕尔去打理。村寨里的人哪里见过如此好成色的金子？！便是这样的一枚金币，也足以安排三天丰盛的宴席了，何况是整整十枚！

金帕尔颤着手接过来的时候，众人个个都看傻了！过后他们又嘀嘀咕咕起来："这两位青年必是生于豪门贵族，世间定然只有王室的传人才会如此慷慨啊！"

正是这十个金币，让寨民们对青雀儿和乌聆牧无比羡慕，也悄声议论起来：蓝朵娜这样已有两个丈夫的村寨妇人，实在配不上这王子一般的青年啊！

这更让蓝朵娜心痛不已，哭了一场又一场。

赛尔姐来到女儿的床前，眼神仍旧锐利，语调却是温软的。

"你只顾躺在这里抹泪有什么用？"

"我还能有什么办法？三天后洗完了寨子，他又要从来路离去了！"

"傻女子！你是真想要这个男人吗？"

"阿娘何必问我这话？！你且想想，咱们这远僻的小寨，何曾见过这等人物？！若阿娘在我这个年纪时，这样的男人你可会

... | 59

放过?!"

这话倒让赛尔姐笑了:"慌什么,还有整三天的时间可以筹划!"

那天晚上,篝火燃起的时候,便拉开了洗寨子的盛宴。全寨的人围着篝火吃吃喝喝,唱唱跳跳。大家甚至觉得庆幸:青年乌聆牧若是娶了蓝朵娜,便只有一天的喜宴,如今却可以热闹三天。成了这门姻缘,只有蓝朵娜一家欢喜。没成这门婚事,却是全寨人开心。

如此一想便觉得,偶尔有人违背一次天神的安排,也未必是坏事。

众人吃喝着、舞蹈着,青雀儿远远瞥见一个人影,眼熟得很,她歪头想了半天,终于想了起来:"牧哥哥,你看!是咱们掉在陷阱时,第一次来的那个女人!"

青雀儿站起来,朝着那女人挥手:"那边紫荆树下的姐姐,你莫急着走啊,来一起吃些席宴!"

那女人听见了喊声,止住了脚,朝他们望过来,嘴角还是那种似有似无的笑,有略略的嘲讽。

这时候已有人慌忙拉住青雀儿:"小妹子,你可莫招引那荡妇!在这村寨里,没人与她说话,没人是她朋友。尤其赛尔姐,决不允许大家与那女人来往!你这样大剌剌地招呼她,被赛尔姐看到,是要为难你们的!"

青雀儿疑惑了:"为什么叫她荡妇?难道她比赛尔姐的丈夫还多不成?"

妇人们忙去捂青雀儿的嘴:"夫郎是天神的安排,怎么能跟荡行扯上关系?!小妮子别信口胡说,让赛尔妲听见了可是不得了!"

"那她到底犯了什么过错?"

"哼,她就是不守规矩!所以,她的丈夫天神一个也不会承认!"

这个被称为荡妇的女人,叫白九斤。全寨的人都知道白九斤没有父亲,她也没见过自己的母亲。她母亲怀胎即将足月之际,在林中遭遇了毒蛇,中毒身亡。此时飞来一只虎头海雕,啄开了她母亲的肚皮,露出一个粉白的婴孩,被过路的寨民捡到。那婴孩抱在怀里沉甸甸的分量,大家都说足有九斤重,因她母亲姓白,便唤她白九斤了。

白九斤自小在寨子里长大,有时候她吃雪雕叼来的野果生肉,有时她捡各家穿剩的衣衫裙裤,可她仍然越来越好看。淡琥珀色的脸庞,厚墩墩的嘴唇,一双眼睛婉转流媚,众人都说,比赛尔妲家的蓝朵娜更美。

当白九斤到了该婚嫁的年纪,并未遵从神的旨意等待夫郎。她穿戴上新鲜的衣裙和鲜花,直接去敲青年那木苏的大门,她对那木苏说:"我来做你的妻子,你可称意?"

这令那木苏内心挣扎了老半天!是的,这不合规矩,这摆明了无视天神的威权。可是,白九斤毕竟太美,这村寨里的男人,有几个能抵挡她的诱惑?!拒绝了白九斤,谁知道哪天会掉进谁的陷阱？也许是丑陋的依拉，又没准儿是蠢笨的布丽……那木苏开门迎进了白九斤，震惊了全寨上下！

"这不合规矩！"

"这藐视神灵！"

"她竟然绕过天神自己找男人！"

从此，白九斤背上了荡妇的名声。

白九斤跟那木苏并没有过上几年，一个午后，她像当初一样穿戴整齐，对那木苏说："嗨，那木苏，从今天起你不再是我男人了！你身上那些臭毛病我不会再忍了，我要重新再去找其他夫郎了！"

白九斤走出了那木苏的家门，几天后，她又成了席力提的妻子，再后来是萨尔青……白九斤一共有三任夫郎，都是自己寻来的姻缘。寨民们看在眼里，都说大逆不道。尤其赛尔姐，她对众人宣布："白九斤这样的荡行，会惹怒天神，降下罪过！"

此后无人再敢牵扯白九斤。

青雀儿听了个大概，内心明了，再抬头去望时，早不见了白九斤的踪影。她心中怅然若失，隐隐地觉着要跟她说上几句话才好。

当篝火熄灭，酒足饭饱的寨民们各自回家了，一边议论着今天的饭食，一边又期待着明天的酒菜。青雀儿和乌聆牧被安置在管事的金帕尔家里，这里离赛尔姐家只隔了一座院子。等夜色深沉了，青雀儿翻来覆去睡不着，听着窗外的猫叫声。

忽然青雀儿惊醒：自己在寨中转悠了大半天，并没见着半只猫的影子！

她穿起鞋子下了床铺，悄声往屋外巡看。果然墙外月亮的背阴处，立着一个女人的影子。这样静的夜，那女人似乎是听到了青雀儿蹑手蹑脚的呼气声，略微一扭头，趁着月白微光，青雀儿认了出来，那是白九斤！

"不要喝赛尔妲的香草酒。"

她只说了这一句，便迅疾消失在了夜色中。

青雀儿一阵恍惚，等她回过神来，只剩了夜色空空。

第二天一早，她跟乌聆牧讲了昨晚的种种。

"那个白九斤到底是什么目的呢？"乌聆牧陷入了沉思。

青雀儿说："和赛尔妲比起来，我倒更愿意相信白九斤的话。"

她甚至想，纵然是与这全寨子的人比起来，也是白九斤更可信一些。虽然青雀儿也说不上这是为什么。

两人正悄悄议论着，金帕尔便来请他们了，说今天的寨宴已经安排妥当。金帕尔又说："赛尔妲吩咐了，要给你们兄妹尝尝她酿的香草酒！这酒美味甘醇得很，专门招待贵客！你们可是有福气啦！"

青雀儿听到这儿，和乌聆牧对了个眼神。两人心中渐渐拿定了主意。

今天的宴席照旧不见蓝朵娜，她的母亲赛尔妲却来了。女寨主端坐主位，命人端来两杯青绿色汁酿。那杯口紧窄，一股浓烈古怪的青草气息幽幽深深地从窄窄的杯口钻出来，似乎要把人的神思拽进深渊里。然而，你很难抵抗它的诱惑。

青雀儿和乌聆牧端在手上，观瞧了半响。赛尔姐锐利的眼神来回在他二人脸上盘旋："怎么？怕我这杯里的是毒药？"

围在旁边的众人哄笑起来。

他们个个都说，这酒是难得的佳酿，用山里最珍稀的花草酿成，一整片山地的香草才酿得成一坛酒，只怕皇帝也喝得！

青雀儿故作懵懂地皱着眉头说："这酒嘛，闻着香倒是蛮香的，只是这绿漆漆的颜色，看着反胃得很！"

乌聆牧也故意说自己酒力不胜，怕是喝不下这一大杯。

赛尔姐却说："这酒并不醉人，只怕你们喝了一杯还想着第二杯哩。"

二人想尽了法子推却，青雀儿急得汗都出来了，正犹豫间，忽见天色一阵乌迷，一只巨大的雪雕疾速袭来，卷动了风云沙石，天色迅疾一暗，众人惊声一呼，抱头的抱头，躲身的躲身，青雀儿和乌聆牧见此，眼神一对，趁乱将那酒覆在了草地上，然后抱紧杯子在怀中。那雪雕扑扇了几个回合，呜的一声长啸，入山而去。

青雀儿故作一副惊魂未定的模样，拍着心口大口喘息："哎呀可真是吓人得很！我可真是吓得够呛，这嘴巴干得紧！"

便假装饮酒，乌聆牧见状，也做出一样的动作。随后二人便把杯子交给了赛尔姐。

赛尔姐并未说什么，眼中却有了得意的神色。那天赛尔姐早早走了。

到了这一晚,屋外又响起了猫叫声。青雀儿这次叫上了乌聆牧一起。

白九斤一开口便说:"救了你们,该怎么谢我?"

二人听不懂这话的意思。

白九斤说:"那香草酒是赛尔姐制的迷魂汤,喝完之后第二天,你们的神魂便交由了她主宰。她让你们做什么,便得一切听她安排了。"

"白九斤姐姐,你是怎么知道的?"

"赛尔姐最擅长的就是种养这种巫草,叫移魂草。若不小心吃下了这种草,从此你便只能听得到赛尔姐的声音,她引你去哪儿,你便去哪儿。——不然,你以为她那十七位夫郎是如何落入陷阱的!"

青雀儿心里一惊:"这么说赛尔姐是为了女儿,要把我哥哥留在这里?"

"当然。当年那洗寨子的赛斯,也是被赛尔姐引诱吃下了移魂草才淹死在河里!"

"赛尔姐为什么要这么做呢?"

"为了维持她的权威,世世代代!"

二人听着阵阵发寒:"你是如何知道这些的?"

白九斤沉吟了一会儿,她背过身去,幽幽地说:"我的父母,便是被赛尔姐害了性命。"

白九斤的母亲，与青年撒布依互生了爱意，两人爱得如痴如醉，定下了终身。白九斤的母亲偷偷告诉了撒布依自己那方陷阱的位置，她也希望在天神的祝福下，与撒布依结成夫妻。

撒布依曾经是这寨子里最英俊的男子，爱慕他的女子很多，其中便有赛尔姐。那时的赛尔姐已经是人到中年的妇人，她已经有了十几个丈夫，每日像仆人侍奉女王一样侍奉在她左右。然而赛尔姐还想再多要一个——青年撒布依。

赛尔姐诱骗撒布依饮下了香草酒，里面加了分量十足的移魂草！神魂无主的撒布依，在赛尔姐的诱导下，一步步走进了她的陷阱……

此时白九斤的母亲已经怀了身孕，她哭喊着奔向撒布依，叫喊他、哀求他，可撒布依根本听不到她的声音。他已经彻底被封印了神思！

撒布依成了赛尔姐的新夫郎，白九斤的母亲夜夜垂泪，她每日都去赛尔姐家的墙外唱歌，唱着他们曾经在一起的情歌，希望能唤起撒布依的回忆。随着时间的流逝，撒布依似乎一点点听懂了歌中的意思，偶尔再听到熟悉的歌腔，他会不经意落下泪来，连自己也说不清是为什么。

赛尔姐看在眼里，便对白九斤的母亲起了杀意，她绝不能再留这个情敌在世上！赛尔姐喂毒蛇吃下了移魂草，用蛇的语言命令它去咬死在丛林中哀泣的女人！白九斤的母亲因此命丧。

"这移魂草只能一年内夺人神魂，一年后的某个早晨，我的父亲撒布依突然醒了过来，却发现自己成了赛尔姐的夫郎，而赛尔姐刚刚生下了她的小女儿，就是蓝朵娜。最爱的女人死去了,自己却要和杀人的女魔鬼同床共枕,我父亲受不了这样的折磨,用刀子刺进了胸口!也许现在,他已经和我母亲相聚在天国了吧……"

白九斤讲完身世,青雀儿和乌聆牧震惊不已!谁想得到,这看似淳朴平凡的村寨里,隐藏着如此阴毒的杀机!

白九斤说:"我会助你们离开这里,而我要报我的生仇!"

第三天的寨宴,赛尔姐带着蓝朵娜一起来了,母女俩的眼神里都闪烁着一些异样。今日,赛尔姐要作为天神在人间的使者,对拒婚者做最后的询问。

众人虔诚地立在祭坛前,赛尔姐身着盛装头戴花冠,她问:"青年乌聆牧,神最后一次问你,是否真的要抗拒天神安排的婚姻?"

乌聆牧敛目垂首,他幽声说:"不,这不是我本意。"

此话一出口,众人皆瞠目结舌!大家低声沸议起来。

"这是说,变卦了?"

"哎呀,那这三天的席宴啊!白白洗了三天寨子?!"

"这兄妹俩可是花足了十个金币哪!"

"啊,天神的安排还真是猜不透!"

不过其中也有人说:"咦,你看那兄妹两个的神色,好像与前两日大有不同了呢!"

没错,乌聆牧和青雀儿,按照昨夜与白九斤商议好的,装作迷了神魂的样子,一切假装被赛尔姐牵引着行事。

赛尔妲对这个答案满意极了,她的女儿蓝朵娜更是得意地咧开嘴笑了。

赛尔妲信心满满地跟乌聆牧确认:"乌聆牧,你是愿意遵从天神的旨意,做蓝朵娜的夫郎了?"

"是的,我愿意。"

于是这一天的席宴,瞬间转换成了蓝朵娜的婚宴,她回去换上了最鲜艳的衣裳,头上插满了各色鲜花。她之前的两位夫郎,远远坐在树荫下发呆。可是这个日子里,谁又会在乎他们呢?众人早已忘记了那两个男人的存在,都赞叹说:乌聆牧和蓝朵娜,真是天神配就的最合适的一对夫妇!

等到天色擦黑,蓝朵娜便提前起身,牵着乌聆牧回他们的婚房去了。而妹妹青雀儿,自然也随其后。赛尔妲命人把青雀儿安置在另外的屋子里,她早已对女儿交代清楚,等过了这几天,随便找个办法把这小丫头处置了便是。至于乌聆牧,有了移魂草,不怕他不终生服帖。

等到乌聆牧与蓝朵娜单独相对时,蓝朵娜迫不及待往新郎身上贴过去,乌聆牧强忍着内心的紧张和厌恶,对新娘说:"好姐姐,我忽然口渴得很,可怎么好?"

蓝朵娜一听便下了床铺:"这有什么难处?美酒甘泉随你畅饮!"

她拿来酒壶和杯子,斟满了递到乌聆牧眼前,乌聆牧却又说:"哎呀好姐姐,今天我们结为夫妻了。按照我们栖月国的风俗,要喝了交杯酒才算成仪。只是我们今天并未交杯,可怎么好?"

蓝朵娜一听这话,眼中冒出情火,再又下了床铺:"这有什么难处?我们喝个交杯便是!"

她又去取了一只酒盏。趁这个工夫,乌聆牧把十足十的蒙汗药倒进了酒壶里,等二人都端起杯,他趁蓝朵娜不注意,全都吐在了袖子里。

前一刻蓝朵娜还想着,该跟新夫郎说上两句暖心话再行正事,后一刻已呼呼睡死在床榻上。

乌聆牧假意唤了她两声,见真没了声响,便悄声出门,跟青雀儿接上了头。他们照着白九斤的指引,摸着黑找到了存放移魂草的仓房,用火石点起了旺火,不出一盏茶工夫,赛尔妲院子里已然人声如沸:"起火啦!起火啦!"

众人救火的救火,逃命的逃命。乌聆牧和青雀儿埋着脑袋,趁乱往院外跑,一边又偷眼逡巡着,他们在找来接应的白九斤。

院子里乱作一团,连赛尔妲也披散着头发奔出房门来。她一边大骂奴仆和丈夫们是无用的废物,一边又咬牙心疼自己上好的移魂草!忽听到天空处有响动袭来,抬头一看,一只只巨大的雪雕在空中盘旋,它们的翅膀扇起一阵阵骤风,更助添了火势蔓延别处!

赛尔妲急火攻心,厉声嚷道:"白九斤!是那荡妇毁我!"

在雪雕的狂风助力之下,大火迅疾烧毁了家院!直到火势渐弱,赛尔妲才想起来:眼前避难的人里并没见到蓝朵娜!

赛尔妲疯了一般奔向蓝朵娜的新房,里面的小女儿,早已烧成了一团焦黑!

赛尔姐哭喊着,号叫着,她集结了夫郎与儿女,手持利器冲向白九斤的家门。白九斤早已等候他们多时,她眼望夜空,见那一只只白头雕渐渐飞近过来,扭头对乌聆牧和青雀儿说:"片刻后雪雕会送你们离开这里。你们放心,它们把我养大,比人更值得信赖!"

寻仇的赛尔姐到了门前,见他们三人立在一处,顿时明白了一切。她咬着牙恨恨说道:"好!好!你们三个恶魔!合谋毁我家院,害我女儿!今天一起偿命吧!"

拿着利器的赛尔姐家人一个个猛扑上来,这些人虽眼红心狠,却不是乌聆牧和青雀儿的对手。众人厮打之际,一群雪雕袭空而来!嘶叫声划破了黎明前最暗的黑夜,那些手持利器的人一时间被利爪和尖喙攻击得号叫连天。此时两只巨大的雪雕牢牢抓起乌聆牧和青雀儿,直往林子外的方向飞去!

白九斤已准备好了最后的决战,她一挥手,身边那只白头雕应声而起,朝赛尔姐袭去!赛尔姐见状慌了神,她一路朝密林的方向疯跑,不时被雕爪撩出一道道血痕,白九斤紧随其后,也朝着她的方向狂奔!

赛尔姐跑啊、躲啊,一直到了密林的尽处,突然"咕咚"一声,落入了陷阱深处。仔细看,正是那方为她选定了十七位夫郎的坑穴!

赛尔姐还要挣扎着往上爬,她在陷阱中吼叫:"白九斤!你莫得意!我身上仍有移魂草种,待我出了这陷阱,所有人照样要听命于我的旨意!"

白九斤却嘴角一勾,露出了她惯有的嘲讽:"赛尔妲,你不会再有机会了!"

　　这话说毕,白九斤一俯身倒在地上,突然她的身体变得像水流那样延展,又似春风拂过的草地一般疯长,她的身体疾速蔓延生出根须,像藤草一样紧紧巴住地面!只是片刻工夫,白九斤已化作了铁藤,紧紧巴覆住了密林中的所有地面,包括那下面的一个个陷阱!

　　天亮了,当巫娥国人走到密林处,顿时发现有什么不一样了!对,原本软扎扎的草泥地不见了,现在遍布铁藤草的地面坚硬如石,大家拿斧锤试了又试,硬是凿不开这结满藤草的地面。

　　白九斤的身体封牢了所有陷阱,包括陷阱中的赛尔妲!从此,巫娥国的人,便不再由天神安排婚姻了。

第八章　王后海千珊

两只白头雕紧扣住青雀儿和乌聆牧,从黑夜直飞到白昼,终于一个俯冲将他们放下,又朝着来时的方向振翅去了!

过去几天的经历实在太过离奇,青雀儿和乌聆牧胸中仍是起伏不定,一抬眼,已在一座新城之下。这里三面被海环抱,风里也夹杂着海泥的微腥。

乌聆牧抬眼望去,不远处,有宫殿一般金晃晃耀眼的建筑,他抬手指过去:"瞧那儿,倒像是华伟的王宫。想来这里是座都城吧!"

待问过了来往的渔人,果然又是一座王都了。

青雀儿和乌聆牧便朝着王宫的方向奔去,他们来到大殿门前,请侍卫进去通传陛下:栖月国的十九王子求见!

既然是远国的王子来朝,国王当然要见上一见。他引领群臣来到大殿,在王座上挺直腰杆,双目半睁扫视殿前的二位:只见这一男一女,虽年纪尚轻,却也从容知礼,尤其是那少年,自有一种高贵风度。再细细打量他们的穿衣打扮，见身上并无珍奇的饰物，少年一身蓝贝色长衫，少女一袭金盏花色的衣裳，虽也是精工妙绣制成，却已被风尘染旧。

国王便十分不屑，心想：即便是王子出身，也不过穷壤小国罢了！

因此仰起下巴，傲慢起神情，拖长着语调问他们从何处来。

乌聆牧王子上前致礼："国王陛下，我们自遥远的栖月国来。"

"栖月国在哪里？"

"陛下，栖月国在落月山的北望。"

"落月山又是哪里？这名字十分生疏，从不曾听闻过。"

国王说罢先蔑笑起来，群臣慌忙也跟着蔑笑。

青雀儿见这国王三十岁上下的年纪，乌糖糖的脸庞满是阴翳之色，时刻都高昂着的下巴上有稀疏的胡须，心下十分厌恶这国王的傲慢与阴冷。她也冷笑一声："想来是国王陛下久居岛国从不出门吧？落月山从西至东足有万里，像您这样的方寸之国，大概能抵十几个。"

听了这嘲讽之语，国王脸色愈加难看。

乌聆牧王子赶紧出言缓和："陛下莫怪，我这妹妹年幼嘴利，是被娇养惯了。贵国景物丰饶，海滨特色美不胜收，我们自栖月国来已是大开眼界了！"

国王这才脸色略有回缓。

乌聆牧赶紧接着说道："我和妹妹此次来是有一件关乎国运性命的大事，要寻一位世间至美的人儿。我们已游历了数国，并没找到那位命定之人。今日机缘之下来到贵国，便想来试试

... 173

运气。"

国王捻着胡须还未作声，一位面颊尖瘦的臣下抢先说："要说这世间极美的人儿哪，非我海象国王后莫属！王后姿容绝代，唯有我王无上君主，才配得起这样世间无二的美人哪……"

那臣下虽是对着两位远客说话，眼神中却极尽讨好之色地抬眼观望国王。不承想却被国王如刀的眼神一剜，似乎在嗔怪他多事。那臣下吓得忙闭了嘴巴。

青雀儿和乌聆牧听闻此言，极力恳请国王，希望拜见王后一面。

国王本想谎称王后染了疾病推脱过去，可生性虚荣好胜的他又想在这栖月王子面前炫耀一番，于是下令："便请王后盛装打扮，出来一见吧。"

足足等了两顿饭工夫，那海象国的王后才姗姗而来。青雀儿和乌聆牧等得已是望眼欲穿，遍身华服宝石的王后终于出现在大殿里。却见那王后愁目深垂，艳红的嘴唇像一弯下弦月，美则美矣，却因一脸愁苦不堪，减了三分艳色。

乌聆牧和青雀儿向王后致礼，照例赞美了一番。那王后并未见丝毫开心的模样。

青雀儿见这王后只不过比自己略大几岁的年纪，却神色惨淡得很，她很是不解：贵为一国王后，遍享尊荣，不是应该每日神气满满的样子吗？！

青雀儿心下便生出几分怜惜，她亲亲切切地对王后说："王后的样子倒与我家姐姐很像，让人心里亲切。可为何看着并不开心的样子呢？是遇上了什么难处？"

国王听了这话，一眼望向王后，那眼神刀锋一般，令青雀儿也打了个寒颤！

王后丝毫不理会国王的警示，只顾摇头冷笑："我的难处，大概只有天神才能想得出办法吧！"

青雀儿嘻嘻笑了："这倒巧了，我们恰好与天神有些交情，王后的难处说说看，我便替你捎个话怎样？"

少女调皮的神情倒让王后心里一阵轻松，脸上的愁容松缓了好些。这女孩子的言语，让她觉得安慰不少。

大概人与人之间是有缘分的，有些人只第一次见面，便觉得他们可以托付信任。王后觉得对面这两个人便是如此。她说："既然二位贵客跋涉而来，便请在王宫里住下来，观赏观赏这海象国的景物再起程吧。"

王后并未恳请国王的同意，直接发出了邀请，这实在令国王一愣。不过对于远国来的王子，也恰该如此款待。国王没再驳了王后的颜面，趁势说："那是自然。便请王子和令妹多住些时日吧。"

青雀儿和乌聆牧便在王宫里住了下来。

当仆从退下，关起门来，青雀儿对乌聆牧说："牧哥哥，我总觉得那王后一脸心事，似乎有话想说未说。"

乌聆牧点头："王后确实看着心思沉重。可这毕竟是他们的宫中私事，我们也不便插手啊！"

"先等等再说吧。今日既然是那王后主动将我们留下，且看看她要怎样。"

这天入夜，当热闹的王宫内外都静了下来，一个身披着墨黑斗篷的身影轻轻叩开了青雀儿的房门，待那人解下遮面的宽帽，正是王后本人！

青雀儿正待扬声招呼，王后赶忙示意她噤声。青雀儿会意，请王后进了房中，又四下里一观望，确定没人跟着，这才关上了房门。

王后双手揉搓着衣襟，看起来很是紧张不安的样子，嘴巴张了半天，终于下定决心："我也是踌躇了很久，如今不得不冒险试一试了！"

"尊贵的王后，到底有什么为难事这样折磨着您？"

王后哀伤的眼神对上了青雀儿的，她说："青雀儿姑娘，我一见你们便觉得十分亲切。我想，你们一定是值得信赖的人对不对？"

青雀儿重重点头："当然，王后。您若有话尽可说出来。我和牧哥哥一定全力帮忙！"

王后一听这话，美目之中竟滚下热泪来。她颤抖着肩膀，言语有些语无伦次了："是啊，我一看到你们，便觉得心里信任。我做王后一年多了，第一次在这人族中间找到温暖的感受。"

说到这儿，王后嘤嘤哭泣起来。

青雀儿慌忙用袖子替她擦拭眼泪，王后心头一热，那泪落得更疾了。

"王后你先莫哭，我把牧哥哥叫来，有什么要紧的难处，我们陪你一起想办法!"

乌聆牧就宿在隔壁,青雀儿轻声去敲门,不一会儿乌聆牧也闪身进门来。王后让青雀儿紧闭上窗帘,她悄声说:"我是用沉楊香让值夜的使女们昏睡了才能来此找你们说话,可这香也只能让她们睡上两三个时辰。唉,如今的我,已经被国王软禁了!"

王后一边落着眼泪,一边细说自己的经历。

在那海的最东边,有个海象国。国中人最擅打鱼,父传子,子传孙。这其中,尤以捕鱼人夵不托技艺最高,他做了十几年的捕鱼人,从来网网不空,即便在鱼儿潜藏不出的凛冬季节,他也有办法满载而归。

而在另一方的海底王宫,鱼族们只要听到了夵不托那熟悉的口哨声便瑟瑟发抖!是的,夵不托似乎总有使不完的诡计,能让鱼儿们不由自主地上钩。

"唉,我那些孩子啊,个个都葬送在夵不托那恶魔的网中!"说这话的鱼婆抖动着凤尾,煞是好看,眼里却流淌出无尽的悲愤。

"是啊,我刚刚看见,又有十来个孩子上了他的圈套,这次不知是谁家的儿女!"说这话的鱼婆年岁更长,通体蓝光,像一盏海底的幽灯。

"依我看,得给那挨千刀的夵不托点颜色看看!我们鱼族也不是只能任人族宰割!"这个鱼婆的年纪尚轻,遍身霓虹的斑纹。

...177

那凤尾鱼婆听到这儿便叹气:"尕不托是人族,还是个最诡计多端的人。我们只是生长在海底的鱼婆,又能拿他如何?!"

这霓虹鱼婆眼神精灵,她说:"我早已想到了一个办法。那尕不托捕杀我们的儿女何止万千,也该让他尝尝失去孩子的滋味!我看他捕鱼时身边常带着个女娃娃,想来是他的女儿。我们就把这女娃娃杀了解解恨。也让他尝尝失去儿女的痛楚!"

凤尾鱼婆和蓝色鱼婆听罢,都沉声不语。凤尾鱼婆瞧了瞧蓝色鱼婆:"蓝婆婆,你说呢?"

蓝婆婆凝了半天神思,最后坚定地说:"如果这法子真能让那尕不托略微收手,试试也罢!"

三个鱼婆下定决心,说做就做。

她们央求了海里的虎鲸将军,让这大块头的海霸王一会儿在靠近岸边的地方摆弄几下自己的巨大身躯。

"虎鲸将军啊!您就伸几个懒腰,再打几个喷嚏就成啦!我们这些小小鱼族,不像将军您有霸王般的身躯和气魄,我们的儿女们呀,着实可怜……"霓虹鱼婆娇滴滴地哀求,纵然是海霸王也心软了几分。

"放心放心,保护全鱼族的安全,也是本将军的职责。"

四个鱼族商量妥当,依计行事。

此时船上的尕不托,正把小女儿放在背篓里,就要准备收网回家了。

"娃儿莫哭,爹爹收了这一网,便要回家了。咱们去集市上给你买糖吃。"

那小女娃看着不过一岁的模样,嘴里咿咿呀呀地说不清楚。

就在尕不托用力拉网之际,忽一阵海浪如山卷来,直击了他一个趔趄。尕不托手里还死死攥着渔网,嘴里念叨着:"哎呀,这晴天大日头的,怎么要起大风呢!"

还未等他缓过神儿来,又是一阵山呼海啸袭面而来,尕不托被浪扑倒在船板上。他朝远处望了又望,海那头波平风静:"怪事,怎么偏偏这里要起大浪呢?"

他正回头想把渔网拴在船杠上,猛然吓了一趔趄,渔网撒手,网里的鱼儿扑扑棱棱钻出网去,归向大海。尕不托惊叫:"娃儿,娃儿……"

这边三个鱼婆在虎鲸将军的帮助下,把那褓褓中的女娃娃连同背篓一起拖到了海宫。三个鱼婆按照事先商议好的,找来了鱼骨刀、海藻绳、毒鳍囊。这三样,随便哪一样都是夺人性命的好东西,何况只是个周岁的娃娃,保准瞬间毙命!

三个鱼婆各自拿了杀器,你看看我,我看看她,眼神交换了半天,最后又都落到这背篓里的女娃身上。

只见这小女娃浑身红扑扑肉乎乎,正圆溜溜瞪着一双眼睛轮番瞧着三个鱼婆,瞧了半晌竟咯咯笑了起来。这一笑,就让三个原本想要夺她性命的鱼婆泄了杀气。

最后还是霓虹鱼婆说:"杀了这小娃娃容易,但只是解气一时。说不定明年那尕不托又养了孩子,便把这小娃娃忘了也说不定。人族总是健忘的,杀了这女娃未必能对我们鱼族真正有所助益。"

凤尾鱼婆急了："这孩子偷都偷来了，不杀了她解气，还能拿她怎么办？"

霓虹鱼婆吊诡一笑："我还真有个长久的法子。就不知你们俩愿不愿和我一起来办？"

两个鱼婆疾声询问。

霓虹鱼婆说："我们不如把这女娃养大，给她吃最好的食物，穿最好的衣裳，戴最名贵的宝石，把她教养成最高雅的淑女……"

"哼！倒把一个仇人的女儿当成公主来养了！"蓝鱼婆一听就气愤了。

"先别急，听我说完！你想啊，我们若是这般教养她，等到她十八岁的时候，便是这海宫内外举世无双的美人儿了。这时我们便要想办法把她嫁给人族的国王。若是我们的养女做了王后，定能够规劝国王下令限渔，从此我们鱼族的子孙岂不是能保住性命了？！"

两位鱼婆一听连声称妙："哎呀，那这女娃岂不就成了我们鱼族的使者？！"

"那是当然！人族最听王令，谁敢违背国王的命令就会被处死，我们只要控制了国王的心，这海象国的臣民谁还敢冒死违背王令？！"

三个鱼婆越说越兴奋，把这女娃娃的背篓团团围住，再也不用掩饰对她的喜爱之情。

"你看这女娃长得蛮美呢。"

"笑起来的模样也乖巧得很。"

"她的棕发真密啊，还打着卷儿！长大一定有一头漂亮的鬈发！"

"娃娃乖，你一定要长成倾国倾城的模样，你要替我们鱼族控制住国王的心！"

"小美人，今后我们便把你当成鱼族公主一样款待！"

……

三个鱼婆商议已定，一起去向海宫宫主禀明了想法。宫主也一直在为鱼族子孙越来越多惨死在渔人网中而烦忧，一听三个鱼婆的计谋，十分称赞："这女娃便由你们三个负责养育，我会派海宫里最好的学者来教导她。务必要把她养育成人族喜爱的样子！"

自此，三个鱼婆成了女娃的乳母。这女娃渐渐在海宫中长大，吃的是海底的珍果，穿的是鲛人织就的轻绡，住的是布满珊瑚的宫殿……她渐渐长成了人族最喜欢的模样，美丽而优柔，她的名字叫海千珊。

鱼婆们请了海宫的大学士来教导海千珊，教她人族的语言，教她人族的歌舞，也教她人族的礼仪。直到海千珊十八岁的时候，已长成了举世无双的模样，她的美像月光照拂在海面上，所有海宫的子民都说："这样的姑娘，当得起世间一切的赞美啊！"

海千珊已经成年，她要肩负起海宫的使命，去为鱼族子孙效力了。

时当海象国新君继位，正值壮年，恰好需要一位高贵的公主做王后。

海宫派出了媒使，去海象国王宫说合亲事。

媒使带了十二位侍从和各色世间罕有的礼物，来到了王宫大殿。国王见使者们一个个鱼面人身，会说人的语言，顿觉稀奇有趣。

"说说看，你们鱼族的公主有哪些好处，怎么就堪当我的王后？"

媒使上前行礼，彬彬而立："国王陛下，我海宫的公主名叫海千珊，相貌如天上星，性情如四月花，要论端庄贤淑，这世上没有女子能比得上她！国王若能得海千珊公主做妻子，她必定会是位最称职的王后！"

"你说得这位公主倒像仙女一般！可我毕竟是这人间的君王，怎能娶个你们一般模样的鱼女？！哈哈，竟然让我娶一条鱼！"

媒使连连摆手："国王误会啦！海宫的公主海千珊，并非鱼族，她本是人间的女孩，自小被海宫收养，习得各种才艺。论相貌论才智，都是人间难寻的佳人啊！"

媒使便命侍从奉上海千珊公主的绣像。国王眼皮一抬，一个美人儿的形象赫然立在绣像上。国王缓步走下王座，他来到绣像面前，用手轻轻抚摸。先是那绣像的底料，坦白说，他从没见过如此晶莹的绡纱，透着阳光看过去，竟似无物！还有那绣像的丝线，远看五彩斑斓，近看才发现竟不是丝线绣成，而是各种金宝点嵌而成！而那公主身上穿的衣裙、头上戴的王冠、颈上佩的珠宝，竟都是货真价实的宝石缝嵌上去的！仅是那公主项链上寻常的一颗蓝宝石，都比国王此刻王冠上的还大许多！

国王沉吟了。再看媒使带来的那些礼物，件件都是海底奇珍。有返老回春的海药，可延年益寿。有世间难寻的海底金，做了兵器可削铁如泥。有五彩耀眼的宝石，每一颗都价值连城……

国王笃定了心意，他最后才把眼神落回到海千珊的绣像上，确实，那是个美人儿！

"媒使，去回禀你的主人吧！我便娶这位海千珊公主做王后！"

海千珊公主的婚礼盛大无比。无数的奇珍异宝随着海千珊公主一起抬进了王宫。三个鱼婆和海宫宫主商量再三，都决定尽最大努力给予海千珊丰厚的嫁妆。

"毕竟，从此要让人族尽可能地减少猎杀我们的子孙，于我们鱼族是幸运，于人族则是损失啊！给予他们尽可能多的回报也是应该的！"

到了海千珊公主出嫁那一天，半个海宫的子民都来为她送嫁。大家纷纷拿出珍宝为海千珊添作嫁妆。有入海不沉的避水甲，有能预知风雨的深海圣物水灵珠，也有服下一粒便可葆十年青春的绿藻丹……看到这些礼物，平日里面凶嘴冷的鲨先锋一脸不屑："这些都是再平常不过的富贵俗物！真到了要紧时刻，全都派不上用场！来来来，海千珊，我送你一样救命的东西！"

鲨先锋让海千珊伸出左手食指，它用自己的鲨针往上一刺，疼得海千珊"哎哟"一声！众海族纷纷喊打鲨先锋，嗔怪他粗鲁。

鲨先锋却说："你们不知，每个鲨族都有一滴救命血，放了这滴血出来，能引全海宫的鲨族来救护你！我便把这滴救命血送给她吧！海千珊啊，人族素来阴险歹毒，最是诡计多端，万万要保护好自己！真到了危难之际，自有我们来救你！"

海千珊感动不已，连连称谢。

三个鱼婆亲手为海千珊穿上了华丽的嫁衣，十几年相处下来，她们早已亲如母女，此时都伤感于离别。

"凤尾姑姑，不要再为我箱中多添宝石了！这海宫内外，及至广浩人间，再不会有第二个姑娘比我的嫁妆更丰厚了！"

"我的海千珊宝贝啊！你哪里知道，做了王后花销大着呢！若是以后缺了花销，尽管回来这里，凤尾姑姑都给你攒着！"

"蓝婆婆，你莫要再拉着我的手一刻不放了。这越发令我不舍得离去！"

"宝贝海千珊啊！蓝婆婆从此后不知还能见你几面了！"

话越说越伤感，还是霓虹鱼婆把她们劝开了，她递给海千珊一支珊瑚做的赤红短笛。

"海千珊啊！任那些珠宝金币都丢了也无妨，这个短笛你一定要收好。若是人族有什么消息传递，再或是你有了难处，只要来到海边，吹响短笛。我们瞬间便会出现在你身边！"

海千珊收好短笛，拜别三位乳母及海宫鱼族，经由媒使引路，在海宫卫兵的护送下，成为了海象国的王后。

王后海千珊温柔良善，美丽窈窕，令国王甚为喜悦。海千珊也不忘自己要保护鱼族的使命，不断地向国王进言，希望能减少对鱼族的捕杀。

国王当然同意了。

"王后啊！虽然减少捕鱼会令我国人收入减少许多，甚至他们的餐桌上也会因此寡淡无味。但为了称你的心意，再艰难的决定，本王也得硬下心来啊！谁让你是我最心爱的王后！"

海千珊羞红了脸颊，心中不免暗暗得意。十八年来，她第一次陷入了爱情。

此后一个月，国王确实下令国人减少捕鱼，每次不能超过三网，违者以叛国罪论！

海千珊开心不已，跑去海边吹响了珊瑚笛，三个鱼婆与她欣慰地抱在了一起。就连海宫宫主也大力褒奖三个鱼婆，称赞她们拯救了无数鱼族子孙！

禁令实施了仅仅月余，国王的脸色渐渐忧郁阴沉了。王后海千珊柔情款款地匍匐在他膝前："我的王，你为何事伤神？"

"王后啊，我的爱妻！你莫要问这些烦心的事了，你只管去开心歌舞，去裁剪新衣，这些沉重的东西让我一人背负便好！"

海千珊更是焦虑了："我的丈夫啊！有烦心事莫要隐瞒我，我是你的妻子，也是国家的王后，我该和你站在一起，去承担所有！"

"我的海千珊宝贝啊！我若是说了出来，只怕令你徒增烦恼。"

"我的王！此时我摸不着头脑，岂不更是烦恼？！"

"好吧，海千珊宝贝，你是知道的，我对你的爱，世间万物皆不可比！"

"当然，我的王！我对你的爱亦是如此！"

"唉，自从答应了要保护你的鱼族，我下了减渔禁令。这才短短时间，国中已经有很多人表示不满，上至王公大臣，下至平民渔夫，大家都认为我减损了国家的富饶，收缴了百姓的利益。今天听闻密报，竟有不少王公贵族联合起来密谋，要政变把我赶下国王宝座！"

海千珊一听急得花容惨白："我的王！都是因我才惹下这般大祸，这可怎么办才好！"

"王后啊，你也知道。这海象国人不喜耕种，也不擅纺织，只能打鱼为生。一旦限制了他们捕鱼，确实是要断他们的生路啊！这场大祸若要化解，必得传授国人新的谋生技艺才行！"

海千珊忙忙点头："正是这样。可是该传授他们些什么才好呢？"

国王把海千珊拉到怀里，柔声对她说："王后啊，我听说你们海宫有鲛人善纺织，织出的绡纱每匹都值百金！若是能请他们来教海象国人纺织，不出多久，一定能成为富民的技艺。没准儿还可以彻底替代捕鱼这营生哪！"

海千珊一听便答应下来："我的王！这办法好得很！我明天

就去请海宫鲛娘！"

第二天一早，海千珊来到海边，再次吹响了珊瑚笛，三个鱼婆浮出水面。

"姑姑们啊！海千珊有事请求！"

待她说明了缘由，三个鱼婆沉吟了。她们说："海宫从未有鲛娘去人间纺织的先例，得先去禀报了宫主才行。"

"三位姑姑辛苦！这也是为了鱼族的安危，若真的臣民政变，国王逊位。新上来的王君又怎么还会保我鱼族子孙呢？"

"我们知道。这就尽力去跟宫主说明。"

第二天，海宫宫主果然派了鲛娘来教海象国人纺织，而且，为了尽快教会更多人，一次就派了二十四位手艺最好的鲛娘。

国王见二十四位鲛娘个个人身鱼尾，面貌清秀，赞叹不已。及至她们开始纺绸，那手指之灵动，快如风轮！国王脸色大喜，又命内侍官给鲛娘们准备了一间大屋，集中在里面教习纺织，为免外人惊扰，派了卫兵把守，无事谁也不许入内！

国王拉过海千珊："王后啊，你就安心去花园散步。有了这些鲛娘，国人应该很快就会学成技艺了！"

海千珊也极是高兴，开心得抱住了丈夫。

日子一天天过去，已是半月，海千珊次次向国王请求："我的王，让我去探望一下鲛娘们吧，也看看她们教习得如何了。"

"王后啊！你还是不要去的好。难得这海象国人开始学习手艺,这些天听说已经学出些门道了,你这一去,岂不打扰他们。"

"我只是略坐坐就走,就看看而已,绝不会打扰他们!"

"你毕竟是王后啊!怎能在那些平凡的臣子面前随意抛头露面?你这一去视看,便得先派人去把正在学习的臣民们赶走。这一来一去,多费工夫啊!不如再过些时日,等臣民们学习得差不多了,本王亲自陪你去慰问鲛娘们!"

海千珊听了这话,也就不好再一力要求了。

又过了七八日,正值春末的午后,海千珊闲暇无事来到花园散步。因天气和暖的缘故,便走得久了一些,一直走到了距离鲛娘们教习纺织的大屋不远处。遥遥闻听有特殊的啜泣声,海千珊一听便知,这是鲛人特有的哭泣声。她不顾使女劝阻,飞奔到那屋檐下,透过窗户看进去,这一看不要紧,登时浑身汗毛倒竖!

只见那二十四位鲛娘,一边织着绡纱,一边被监工的卫兵拿鞭子狠狠抽打!鲛人的奇特之处在于落泪成珠,也就是说,这些鲛娘,手上纺着最金贵的轻绡,眼中又落着价值连城的珍珠!而那大屋的地板上,噼里啪啦珠子坠地的声响不断,另有一批内侍官乐得开怀,得意地大笑着收捡珠子,脸上毫无怜惜之色!

王后海千珊觉得自己简直已经不能呼吸了!她踉跄着跑去找国王理论,因为太过激动的缘故,发髻都散乱成了一团。

等听明了她的控诉,国王变了脸色,反倒先指责起王后来:

"瞧瞧你这副样子！哪里有一点点王后的尊贵！难道你们鱼族媒使当初所说的高贵端雅的公主就是这样的莽撞吗？！这才结婚多久，你便露出了粗野本性？！"

海千珊忙拢了几下头发："我的王！我会尽力约束自己的形象，会端庄，会得体。可是现在，求你快去看看，再这样下去，鲛娘们就要被活活打死了！"

"怎么会？！听说鲛人最是皮糙肉粗，怎会打几下就死的！"

一听这话，海千珊明白了："难道这些都是你授意的？！你让卫兵们磋磨她们虐待她们是吗？"

"王后啊，你怎么能用虐待这种词呢？我不过是想为海象国充实一下国库而已。有了这些名贵的珍珠做军资，将来开疆扩土，我便能吞下周围那些弹丸小国，统辖更广阔的疆域。而你，我的王后海千珊，便是海象国第一功臣！"

海千珊惊惧万分，简直不认识眼前人！她一力地劝说，一力地反抗，最终国王也没了耐心，直接一个茶盏扔到她头上："毒妇！你既嫁来我海象国，就应该以这里为家，以我为主人！如今倒处处维护那些海宫的奴仆，你便是海象国的罪人！这次我可以不做追究，若还有下一回，我斩杀了你也不在话下！"

海千珊的额头被茶盏砸出了血花，却丝毫感受不到疼，她的心早已如刀剜！国王命人把王后带回寝殿，派卫兵看守，不许她出房门一步。王后海千珊，就这样被软禁了。

又过了数日，忽然国王来到了王后的寝宫，这次他的言语

... 189

轻软了许多。

"王后啊，前几日是我脾气太过暴躁，我也是为了海象国的发达才乱了方寸。再加上你又是那样当着臣子的面指责我，男人的自尊心你总是要理解的。"

海千珊见他面色堆笑，便冷冷地问："国王今天来这里，又是所求为何？"

"王后啊，我想过了，这些鲛娘也为咱们海象国付出了不少辛劳，如今可以送她们回去了。"

听到这话，海千珊猛然一阵心痛，滴下泪来。她知道，国王如此开恩，并不是因为他良心发现，而是鲛娘们已经不能再滴泪成珠了。鲛人一生的眼泪是有数量的，眼泪滴完了，也就是生命终止时。海千珊嘤嘤哭泣，这二十四位鲛娘啊，个个都是海宫里最巧的能手，其中有几位更是从小看着她长大的……她觉得自己对鱼族子民犯下了不可饶恕的罪孽！

但事已至此，在生命的最终，送鲛娘们回归海宫，也是最后的慰藉。她擦干了眼泪，对国王说："要送就快些吧。鲛娘们怕是支撑不了多久了。"

海千珊亲自护送鲛娘们去海边，来接引鲛娘们的鱼族们，见二十四位鲛娘仅一个月工夫便被折磨成这副惨状，不由得泪流不止。

海千珊与三个鱼婆相对无言，她满面的愧疚难以表达。最后鱼婆们叹了口气："算了，不要再去想这些了。你回去照管好自己吧。"

鱼族带着气若游丝的鲛娘们回到了海中，海千珊在海边哭泣了很久，才被侍卫强行带回了王宫。

鲛娘们回归大海之后，过了月余，国王又来找海千珊。

"王后啊，今日心情可好？我特地命裁缝给你做了几件新衣，来看看中意不中意？"

海千珊瞥了一眼那堆花花绿绿的绸缎，厌恶地扭过头去。

"王后，这就是你不懂事了。本王贵为国君，如此低声下气来求和，你倒拿捏起来！可见你们鱼族都荒蛮无礼！"

海千珊听这话十分气愤，又忽然心中一怯：万一自己态度过于生硬，他又迁怒于鱼族……

她也就扭转身说道："并非我们鱼族无礼，实在是还未从几位长辈鲛娘去世的伤痛中平复过来，心中哀伤不已。"

"王后啊，你是女人，每天只要有新衣美食便有乐趣。可我身为一国的君王，得为举国臣民着想，若不能令百姓富足、令国力强盛，就是罪人！没办法，我的王后啊，谁让你嫁的是一国的君主！"

海千珊抬起头："你今天到底是为什么来？"

国王也不遮掩："上次你鱼族媒使来说亲时，曾带来你海宫的一块乌金，我请工匠打造了一柄利剑，果然能砍这世上最坚硬之物！我想王后再请娘家送一批海底金来，给国中士兵们打造一批新兵器，等明年积攒够了粮草，便可征战四方开疆扩土了！"

海千珊听了这话，气得浑身抖成一团！她立下毒誓，绝不可能再替国王向鱼族索要任何东西！

国王已料到她会拒绝，他也不吼叫暴怒，只是用阴狠的语调威胁："王后，你莫要后悔！"

第二天起，国王开始派大批渔人出海打鱼，个个都是捕捞高手。除了渔网打捞，更用了战场上的炸药，连续几天下来，鱼族子孙损失惨重！使女奉了国王的命令，日日向王后报告"战绩"，她们说，如今海面已被鲜血染成了半红。

海千珊拖着憔悴的身躯，不得不再次来到海边。珊瑚笛色如鲜血，声声哀怨，也在为鱼族的子孙哀唱挽歌。三个鱼婆浮出水面，霓虹鱼婆神情最哀，她对泣不成声的海千珊说："不怨你，我的孩子。都怨我出的坏主意。是我出主意把你偷来，又是我出主意把你养大嫁给国王，这一切罪恶的源头，都是我！"

海千珊和三个鱼婆抱头哭成一团。最后鱼婆们还是决定请求海宫宫主妥协，否则这样下去，鱼族便离灭族不远了。

几天后，鱼族的使者送来了大批海底金。国王喜笑颜开。

从此王后海千珊不再出门，她把自己紧紧幽闭在了寝宫里，她说，这里便是自己的坟墓了。

国王的贪求并不会停止，当他再一次来到王后寝宫的时候，提出了一个惊人的要求——要和海宫宫主平分海底王朝，他要做鱼族的半个君主！

海千珊几乎不敢相信自己的耳朵！

"当然，如果不答应，我便不做这半个君主了，做整个海族君主也罢！反正兵士们已经操练整齐，海底金制成的枪箭正等待着一场大战，还有我海象国的上千渔人。区区海族，受本王统辖，算是你们的福气！"

国王语调狠毒得像是魔王，海千珊阵阵发冷，坚决不肯答应："你想也别想！海宫的宫主定不会答应这样无理的要求！而我，绝不会再替你去游说！"

国王眼神阴冷如毒刀："好，好！既然王后如此坚决，我便不再勉强。三日后开战，你就等着替你全鱼族收尸吧！"

王后海千珊陷入了绝境，她实在不知该如何拯救海族的安危，更觉得自己已经没有脸面再去海边吹响珊瑚笛。海千珊被软禁在了王宫里，五内俱焚的煎熬下，度过了第一天、第二天……海千珊再无退路，明日便是最后一天，她此时倒有些后悔，不该一开始就那么明确地拒绝，至少得把国王的这个阴谋传递给海族子民！

然而天无绝人之路，眼看就到第三天的时候，青雀儿和乌聆牧来到了海象国的王宫。

海千珊越说越伤心，她就这样一边哭泣，一边回望自己这不到一年的婚姻生活。一年前她还是海宫里无忧无虑的小公主，一年后的如今，与其说她是王后，不如说她是人质、是奴仆！

她的经历令对面的两人气愤难当！青雀儿握紧了拳头就要打人，直嚷着"这黑心歹恶的家伙也配做国王！是不是世上的国王都得这般黑心辣手才行！"

听了这话，旁边的乌聆牧引动了心事，一阵阵心痛糅杂了尴尬，赶紧拦住她："轻声些！若让侍从们听见了，会为王后招来大祸！"

青雀儿只好闭了嘴巴。

海千珊啜泣道："我自小在海宫长大，与人族并无接触。直到做了王后，才置身于人族之中。这一年来，总觉得人类是最难相处的物种，嘴上说着，心里未必想着。脸上热的，心里却是冷的。王宫里的侍从们看我是巴结讨好的眼神，国王看我也由最初的含情脉脉到了如今的阴险利用。我觉得好累，我想回到海宫，我多想这一切都没有发生过！可是，因为自己的无能而连累了海族子孙，我又无论如何没有脸面再回海宫去了！"

青雀儿忙安慰她："海千珊姐姐，你莫要责怪自己！都是这国王心黑手狠贪婪无度，并不是你的错误！你要保重自己，如今还要靠你拯救整个海宫的子孙！"

海千珊仰起泪眼："所以我今日来求你们，求你们去海边送个信，让我海宫的子孙一定有个防备！而我，是再也没脸回到那里了！"

青雀儿却对海千珊说："海千珊姐姐，你不必如此烦恼。我已想到了一个解决的办法。"

海千珊急问："聪慧的妹妹啊！快教给我是什么办法？！"

"我父亲练兵时常说一句话，但凡两军交战，总要想办法自己打主场，让敌军打客场。如今这王宫好比敌营，你孤身一人在敌营里，纵有海宫的子民支持你爱戴你又能如何？！但是回到这万里海宫，别说一个贪心的国王，便是百个千个，也未必是你们的对手啊！"

这话让乌聆牧心下大赞："嚙，不愧是大将军的女儿！"海千珊更是眼前一亮！

青雀儿又凑近她的耳边，嘀嘀咕咕说了一番。直到海千珊破涕为笑，千恩万谢！

"天神一般聪慧的妹妹啊！如若事成，你便是我们全海族的恩人！"

"海千珊姐姐不必客气。明天我们便去替你传信，等候着你们海族大获全胜！"

海千珊重重点头，从袖中掏出珊瑚笛，郑重地交到了青雀儿手上："到了海边吹响它，自会有我的养母们出来接应！"

她们细细密密商议着，决定开始反击！

王后海千珊回到了寝宫，似换了个人一般。第二天一早，她笑脸也露出来了，最鲜艳的衣裳首饰也穿戴起来了，梳妆完毕，确定了青雀儿和乌聆牧已去"游览城景"的消息后，急命使女去请国王来一起用饭。

国王照旧阴着一张脸来了："你这贱妇！莫不是又要替那海宫的贱民们求情？！"

海千珊按捺住心中的厌恶，假意上前奉承，满面堆笑地说："我的王啊！这两日我已全想通了，与其不遵王令沦落为阶下奴仆，还不如审时度势助你成就更大的基业！明日一早我便动身去劝说海宫的宫主，让他做个交割，与你共同统御海族！"

国王先是一喜，后又狐疑了："怎么突然就转性了？"

海千珊忙说:"我的王!你有所不知,我自小是被这海宫宫主庇护长大的,如今老宫主年岁已长,也快到命定的寿限了,想来不出几年就会有新的宫主承接统治。等到海宫易主,我便再无庇护,到那时,我既是这王宫的弃妇,又成了海宫的弃女,处境想想就凄惨啊!"

海千珊故意嘤嘤流出泪来。

国王听了这话,脸色和缓了许多,也知道凑近前来安慰王后了。

海千珊接着又说:"我的王啊,你莫要着急,且听我说。这海宫宫主早已年迈,你一而再再而三地在海面上动武,更是让他精神难安,这简直就是他的催命符啊!明日我便去海边游说,对海族说,国王愿信守承诺,再不伤害海族子孙。我的王啊,若你成了海族的半个君王,定会善待自己的子民是不是?"

国王听了这话,自然信誓旦旦地发誓赌咒,保证再不伤及海族。

海千珊楚楚生怜,伏在国王膝前,恳请国王莫忘誓言。

国王渐渐放下心来,抱着海千珊一阵阵赞美奉承。

海千珊为了不使他起疑,故意皱起眉头:"可是我的王啊!不日之后,你便是海族人族共同的王了,尊贵无比啊!到时候人间海宫的美女岂不任你挑选?!只怕到时候国王会废弃我这个王后哪!"

说着又嘤嘤哭泣起来。

国王忙上前安慰,发了重誓,此生只立海千珊一人为王后!

海千珊这才破涕为笑。

"既然如此，明日一早我便去海边游说海族！"

国王一听，立马着手安排起来。

当天晚上，夜极深时，一道黑影再次悄悄潜进了青雀儿的房间。海千珊又用沉榻香让使女们睡着了。

青雀儿把珊瑚笛交还给主人，细说了与鱼婆们见面的情形，已约定好了行事。海千珊感激得热泪涟涟："青雀儿妹妹，乌聆牧王子，若能事成，你们便是我海宫子孙的恩人哪！"

"海千珊姐姐，你莫要这样说！这国王着实是人间恶魔，同为人族，实在羞愧得很！"

海千珊摇头："我又何尝不是人族的后代，不也是要亲眼看着同族之人杀戮那些无辜的海宫子孙吗？！"

海千珊又说："你们的莫大恩德我替海族子孙记下了！海族子孙懂得感恩，日后若有召唤，便是千里万里，也定会来报答！"

三人不敢诉说太久，用了沉榻香的使女很快就会醒来。他们款款辞别，都紧张地等待着即将到来的决战！

虽说王后性情大转，国王到底仍不放心。第二天一早，他命最心腹的近侍官带了一队兵士，名义上是保护王后出行，实则是监视海千珊的一举一动。海千珊心知肚明，一路上故意神情自若。等到了海边，海千珊逡巡半响，她早隐隐看到三个鱼婆潜浮在了水面之下，便朝着广阔的海面吹响了珊瑚笛，随后高喊："姑姑们，我是你们的养女海千珊。我为着一件要紧事而来，快快来到我的身边！"

三个鱼婆转瞬就游到了海千珊的面前，后有几十双眼睛盯紧三个鱼婆和海千珊，她们照着与青雀儿乌聆牧事先商议好的，假意嘀嘀咕咕商量起来。然后鱼婆们故意高声说："海千珊啊！此事实在重大，你且在这里稍等，等我们禀报了海宫宫主再说！"

足足商量了两顿饭工夫，鱼婆们再度回到水面，她们来传海宫宫主的决定。随后海千珊辞别了养母们，带着近侍官和兵士们回宫了。

国王早已等在宫殿里了。海千珊一见到他，便是喜笑颜开："我的王啊！海宫宫主已经答应了平分海族，共做君王！为表示您的诚意，宫主希望您明日一早带上所有的心腹大臣和您最精干的兵勇去商议登基大事！"

国王放下心来，王后这话与内侍官来报的分毫不差。

"我的王啊！快让他们备好大船，明日咱们一起乘船到海心处去会海宫宫主吧！"

国王爽快地应允，急命人去备好明早出海用的大船。

第二日天色刚亮，国王已梳洗整齐，身着朝服、戴了王冠，海千珊却只是拿好了珊瑚笛和一把贝壳袖刀。

士兵们都佩着锋利的兵器，大臣们都穿上了崭新的朝服，这无疑将是海象国开天辟地的大日子！

在国王和王后的引领下，大臣和士兵们纷纷登上了大船。

天色晴好，万里无波，国王不禁感慨"这实在是个好日子啊！"

国王心急，一个劲儿地下令催促船工开足马力，务必尽快到达海心处。他巴不得早一刻成为这海族和人族之王！

船离岸边越来越远了，并不见风，浪却越来越大。船摇晃得越来越厉害，国王突然生出了警惕："王后，海宫宫主到底约定在哪里交接？"

海千珊只顾立在船头凭海临风，并不理会国王。

国王急了，一而再地发问。

海千珊眯起眼睛细细扫望海面，心中渐渐笃定了："国王陛下！我海宫的宫主乃是天神亲自选定，是我们海族最尊贵的族神！岂能轻易与你这样的阴险人类会面？！更遑论要平分海国？！"

海千珊一阵轻蔑的冷笑，国王顿时知道上了当。此刻他恼羞成怒，气的是温顺老实的王后竟敢欺骗他！不过他并不十分担心，海象国最精良的军队就在这只船上！他之所以放心来赴海宫宫主的邀约，就是因为对方答应可以带上军队一同前来。有了精兵良将在此，他便是强大的人间大帝！

国王阴笑道："海千珊，你怕是不想活命了吧！这船上有我最智慧的臣子，也有我最英武的士兵，你敢耍这种诡计，是自取灭亡！"

海千珊却像换了个人一般，毫不胆怯："自取灭亡的是你！从你贪欲膨胀的那一刻起，就注定了今天的厄运！"

"你别在这里说硬话！这船上的兵器和火药，足可以让你的海族死伤过半！"

海千珊立在船头，太阳照射在她的脸上，自信而尊贵。此刻她的样子，才真正像一位可以统御人间的王后！她一步步走到桅杆处，目下是万顷碧波！忽然见她拔出袖刀，内侍官一阵惊呼，大家拥上来团团护住国王！却见海千珊右手握刀、利落地割破了左手食指、那有鲨先锋一滴救命血的指尖！鲜血直钻入大海，在众人都还没有反应过来的一瞬间，一阵翻天覆地的雷动声席卷而来！

"巨鲨！巨鲨啊！巨鲨来了！"

巨鲨掀翻了大船，船上惨叫一片，大臣们，兵士们纷纷落到了海中，成了巨鲨的腹中之食！鲨先锋在一片哀号之中，稳稳驮住了海千珊，那是海族最宠爱的公主！

国王并没有死去，他被带到了海宫最深处的海牢里，由鱼族看管，每天做着奴役的苦差、还要备受鞭笞，生不如死！

随后，海宫宫主派遣了一批具有智慧的海族使者去做了海象国的国王和大臣。他们接管了政务和军队，料理起人族的事务渐渐得心应手。他们限制捕鱼，真正保护了鱼族的子孙。再后来他们开始与人族通婚，生下的后代面貌也越来越像人形了。这些后代们都知道，他们是鱼族的后人，不能残害自己的同族。渐渐地，海象国再不会无度杀伐海族了。

那天得胜之后，海千珊又来到海边，她再次重重地向青雀儿和乌聆牧王子施礼。

青雀儿说："海千珊姐姐，你并不需要谢我们，天神引我们来到这里，自有他的用意。"

海千珊泪水潸然。

她又说："我生长在海宫时，时常潜在水面之下玩耍，有时也会偷听那些来往客船上行人的谈话。他们都说，'东方尽美，人才如星，智者颇多，便是男子，也多有美玉无瑕者。'你们不如往东方去看看吧。"

青雀儿和乌聆牧忽然一悟："是了！皎白驹老伯只说这命定之人是个极美之人，却并未说是男是女啊！"

两人打定了主意，便要往东方去！

海千珊纤手一挥，指向那茫茫海域："要去东方，穿海而过，是最近的路途。看，越过了这片深海，便是东方了！"

青雀儿和乌聆牧觉得为难："可是，眼下我们并无船只过海……"

海千珊莞尔："这并不难，我可送你们一程！"

她又吹响了珊瑚笛，招来三个鱼婆。鱼婆手中拿着两副避水甲，对青雀儿和乌聆牧说："这是神鱼鳞做的盔甲，穿着它入海不沉。若把它扔到海面上，可以做船只。保准你们稳稳当当去往东方！"

青雀儿和乌聆牧惊喜不已，不远处鲨先锋已经带领着鲨兵鲨将等候在前方，鱼婆们又说："鲨先锋会一路跟随，护送你们到东方陆地！"

三个人依依惜别，彼此许着期待再见的心愿。

海千珊说："我最最至亲的朋友，路途虽远，但千万不要泄气!就像你说的,天神让我们经历这些,自有他的用意。"

"是的,自有他的用意。"

青雀儿和乌聆牧王子又踏上了旅程。海千珊吹响珊瑚笛为他们送行,太阳在安详的笛声中渐渐沉入海中……

第九章　士子杓兰

　　乌涂国有一种最寻常的花朵，在这秋日，它开得遍地都是。大片大片赤红的颜色，在花朵的顶头上，有一簇小小的花籽，那是它的种子。青雀儿一路走一路捋了些种子在手心里，一粒粒也是赤红的颜色，衬着姑娘粉白的小手，愈加鲜亮："嗨！真是好看！这是什么花呢？"

　　青雀儿小女孩心性，见了什么都诸般好奇。

　　"这里瞧着又与之前的城池风俗不同了。"

　　离了海象国，又过了大半月光景，已经来到了东方之国。乌聆牧停下脚步张望："还是先找个人细问问路吧。"

　　不远处有个褐色短衣打扮的货郎，正挑着货担走过来，青雀儿扬声喊道："小哥儿，且停一停！"

　　那货郎走至近前止住了脚步："这位俊俏的姑娘，可想买点什么？有涂面的香脂，有扇凉的折扇，有……"

　　"小哥儿先别忙。我们是远来的路人，想和你打听打听。"

　　"小姑娘要打听些什么？"

"这里是什么地方？"

"哦，这是乌涂国的都城，再往里走就能看到街巷人家了。"

"原来是乌涂国！那么小哥儿，我再问你，你可知这乌涂国最美的人是谁？"

一听这话，货郎朗声一笑："嗐，除了他，还能有谁？！"

在乌涂国的都城西郊，有处青石垒砌的宅院，住着士子杓兰。

说起士子杓兰，乌涂国上上下下无人不知，据说连国王也敬羡他的品格。

"士子杓兰，那可是我们乌涂国第一君子啊，连一点瑕疵都无！大概只有天上的仙人才能与之比肩吧！"乌涂国人人都这么说。

杓兰先生相貌儒俊，他的面庞白如细脂，笑起来眼如弯月，而大家见到他时，他又总是笑着的。

他的相貌已是无人能及，更何况他朗月清辉一般的品格，世间难寻其二。杓兰士子的善行一直举国流传。

一是他的婚姻。

杓兰士子刚满二十岁，说婚的媒人们已是踏破了门槛。城中不论名门闺秀还是小家碧玉，无不存了痴痴的念头，若能嫁给士子杓兰……

大学士欣赏杓兰的才华，觉得自己才情横溢的女儿堪与相配，愿倾送百部藏书作为女儿嫁妆。

典乐官的女儿是乌涂国第一美人，能歌善舞，歌如百灵，舞似凤鸟，姑娘立誓非杓兰不嫁。典乐官派了无数媒人上门说合。

再有乌涂国的大商人，早已言明自己在这都城里半数的商铺都是独生女儿的陪嫁，只要士子杓兰点头，从此便待他如亲子一般。

……

士子杓兰一一谢绝，他婉言道："我只不过是个清淡散人，小有才情而已，怎么配得起这些名门贵女呢？"

这位乌涂国第一君子的婚事就一直耽搁在那里，痴情的女孩们便也抵死不肯议婚论嫁，她们痴等着杓兰回心转意。

又过了几年，杓兰一次外出回家的路上，隐约听见不远处的草丛里传来嘤嘤哭泣声，他吩咐仆从过去查看。不一会儿仆从领着一个身穿嫁衣的女孩走了过来，那女孩把面庞深深埋进胸口，身上簇新的嫁衣也被泪水揉搓得发皱。

他语声轻轻款款："这位小姐，莫要害怕。说说你的难处，看我能否帮你。"

女孩埋着头挂着泪讲了自己的遭遇。今天她一早出嫁，吹吹打打去邻村做新嫁娘，谁知到了婆家，新郎一见她的容貌，顿时火冒三丈，嚷嚷着女孩父母骗婚，把这么丑的一个怪物嫁给他！随即拿着棍棒一路驱赶，生生把新娘赶出门去！女孩被夫家赶了出来，又怕给父母丢脸而不敢回家，因此躲在此处哀伤哭泣。

说着微微抬起面孔，倒把一旁的仆从吓了一跳。那女孩面如石头磨盘，鼓目凸唇，着实是丑。

杓兰却对她说："凡夫俗子都爱青春美貌，瞧你这番模样，确实很难寻得丈夫。但女子总该做人妻子，否则岂不孤单无依？既然如此，我便娶你做妻子吧。走吧，你带我去你娘家说一声，从此我便是你丈夫。"

眼前的翩翩君子说出这话，那女孩比公子身边的仆从惊讶更甚！此时有不少瞧热闹的路人围了上来，见状纷纷劝阻，话里话外都是这桩姻缘的不般配。

杓兰却说："我少时在空色国求学，曾有幸与那里最受人敬爱的夜重华公子有数面交集。夜重华公子一生堪为传奇，他娶妻也是不好美色艳质，只求心性纯善。如今我更该效仿夜重华公子，不为色乱，修习本心！"

听了这话，周围亲见了这场面的路人更是奔走传颂：士子杓兰果真仁心无匹啊！

从这天起，士子杓兰有了妻子，且是世间奇丑无二的妻子。城中那些爱慕他的女子获知了消息，先是纷纷痛哭一场，紧接着又喜笑不止。她们哭着哭着就想明白了：这样一个丑陋的女人如何拴得住乌涂国第一君子的心？！不过是同情可怜她罢了！娶了这样一个女人，杓兰夫人的位子也如同虚设，自己总有机会……

大家曾以为未来的杓兰夫人会受尽乌涂国女人的嫉妒，如今这个名义上的杓兰夫人，却只是加倍被嘲讽被怜悯。她站在光华灼灼的杓兰士子身边，本身就是一种罪过！是的，站在你配不上的东西面前,你就是罪人!

乌涂国人却因此更加称赞这位乌涂君子心地品格的美好与绵软:"世间哪还有如此善良的人儿啊!"

士子杓兰婚后第三年,城中出现瘟疫,家家未曾幸免,连杓兰家中的几位仆从也接连染上了疫症。此时听闻医生说用紫花草煎汤可治,一时间紫花草这味药材价格贵比黄金!恰好家里存有不少紫花草,杓兰便把所有积存的紫花草全拿出来分给城中那些素不相识的人。是的,一枝不剩的!

家中仆从们从病床上爬下来,匍匐在士子脚下,恳求主人恩赐自己一点紫花草救命!

杓兰长长地叹气,重重地摇头:"你们虽是病了,但自有比你们病得更重的人。理应先救他们。我若把这紫花草留下来给了你们,又不知会有多少人讥讽我只顾自家安危了!"

仆从们绝望地饮泣,却不敢高声号哭。

这时连杓兰夫人也追出来劝道:"仁慈的夫君啊!多少留一点吧,家中这些仆从年纪大了,没有救命药怕是熬不过去的……"

士子当头一顿呵斥:"悭吝妇!国中无数百姓正巴望着这药来救命,你却在这里抠抠搜搜!"

丑妻不提防被这一吼,吓得再不敢言语。她从没见过杓兰先生如此疾声厉色。

不幸的事情还是发生了,不出几日,家里的仆从们病势渐重,也仅半月,一路病榻折磨,接连撒手去世。士子自是忧愁,忍悲道:"虽我自家遭逢不幸,却能多救几位无辜百姓,也算功德事了。"

当疫病驱散之后,枸兰士子安葬了死去的仆从们,再去集市上采买新的仆役使唤。

乌涂国人并未见过空色国的夜重华公子,他们唯视士子枸兰为世间无二的仁者,为拯救苍生而来到凡间!

这就是世间无双的枸兰士子,青雀儿听完后却皱着眉小声嘀咕起来:"谁的命不是命?难道自家人的性命就比别家人低贱吗?"

货郎听了很不高兴:"这位小姑娘,你怎么能这么不辨是非呢?士子撇下了自家人的安危去救助不相干的旁人。这是无上之仁慈啊!"

"若是他自己染上了时疫你再这么说吧!这岂不是踩着自家仆役的尸首去让自己充善人……"

眼瞧着货郎面有愠色,乌聆牧王子赶紧拦住青雀儿。

"这位小哥儿,都是我这妹妹口无遮拦,还是麻烦你指引一下枸兰士子的住处吧?"乌聆牧王子朝货郎行了个礼。

这货郎是行走四方的生意人,最是会来事儿,都说和气生财,也没必要跟两个不相干的异乡人闹得僵了面子。他没去理会青雀儿,只对乌聆牧说:"顺着这条街,一直走上两炷香工夫,见了岔路口再往西,一座青石宅院便是了。"

乌聆牧道了谢,拉起青雀儿快走。

"牧哥哥,我听着这枸兰为人假得很,想来也是个伪善人,这种虚头巴脑的东西不去见也罢!"

"既然走到这儿了,去看看吧。既然世人齐声说好,或许也有他的善处。"

二人按照货郎的指点一路牵着马,来到了杓兰士子家门前,光秃秃极清简的一处宅院,院门内外一色花草也无。青雀儿看着便觉得这实在是个极无趣的居所,撇了撇嘴,强打起精神来喊门:"哪位大哥大姐应一声,这里可是杓兰士子的家?"

不一会儿出来一位仆从,怯怯地垂着头开了院门,引他们进了正厅坐候。

青雀儿和乌聆牧在客厅了等候半晌,瞧这客厅里只是摆满了书籍和纸笔,那纸张洁白无迹,笔尖也干干净净。此时主人进了房间,声音绵柔和软:"两位异乡的贵客找我有什么事?"

二人一回头,眼前一亮,确实是个俊俏的郎君!

乌聆牧心里一赞:这位杓兰,与我那最俊秀的十三哥哥比,也不差几分哪!

青雀儿却在心里叹气:人哪,若是生了这样的一张脸,怕是在世人眼里做什么事情都是对的!

她仍打起精神补足笑颜:"杓兰士子啊,我们兄妹从遥远的异乡而来,路过此地歇歇脚而已。听闻这城中唯有士子是大学问家,便有些小事来求教了!"

士子笑意款款,再三谦虚了几句,便问是什么事。

"士子已是品貌出众、万人所不及了,但您可知这世上至美之人是谁?"

杓兰士子不提防被她这一问，倒踌躇起来，他虽垂着眼皮，下巴却高高昂起。青雀儿很是不爽他这一副洋洋自负的样子，她心想：这公子大概觉得这至美之人必是自己吧！

杓兰谦逊言道，说："美与不美，全在慈德心。若能像……"

他拖长了话音，青雀儿知趣，故意接过话茬："若能像士子一般，简律自身，普济众人，便是至美了吧？"

他果然满脸堆笑，嘴上却连连推辞，丝毫没听出青雀儿这话中的嘲讽，还自顾自解释起来："我少时在空色国求学，钦慕那里的夜重华公子，他心性高标，品貌无双。我行事总以他为榜样，如今也只是效仿其二三而已……"

杓兰歌颂了一大篇夜重华公子的美德，又把自己效仿他的事迹讲了一件接一件。青雀儿听得十分烦闷，她一忍再忍，还是忍不住快嘴道："父亲时常教导我，若不能善待身边亲近之人，才是最大的薄情冷性。士子美名天下皆知，却是为了那一个个远处不相干的人，而搭上自己身边一条条性命换来的！士子心里不觉得亏欠吗？"

这话真令杓兰尴尬极了，又羞愤。乌聆牧慌忙拦下她，进而致歉："瞧我这妹妹年幼，口不择言。"

杓兰硬忍着吞了吞羞臊气，更要拿出十二分的宽厚："不妨事，不妨事。"

仆从恰逢其时地端上了茶点，乌聆牧忙见缝插针起身告辞："还有极要紧的事情要赶路。"

杓兰碍于面子不好变脸，讪讪地挽留了几番，便命仆从趁热包上些新鲜的点心给二位客人路上垫垫饥。青雀儿想着拒绝，又懒得与他多话。乌聆牧也想推辞，又一想，像这样贪图虚名的人，若不受他一点恩惠，倒显得对他不尊重了。

于是二人道了谢，枸兰士子亲自把点心递到乌聆牧手上，再度宽怀一笑："若是遇到了什么难处，尽管回来我这里。便倾尽所有，也帮二位解忧。"

乌聆牧接过点心，嘴上说着"一定"。

青雀儿忽一动念，把刚刚在城边草地上捋的花籽递到枸兰面前："这城里的红花开得真是好看啊，虽然我也叫不上名字来。瞧见士子这院子里清简得很，若种上几簇花草，定能生色不少！"

枸兰只得一笑，接过花籽。

二人便告了辞，出门的时候，看见院角处有个面目极丑的妇人在吃力地洗衣裳，双手已搓揉得红肿不堪。瞧她年纪并不大，却面庞塌瘦，身上衣服十分寒酸。青雀儿一想便知那是枸兰捡回来的妻子，深深瞧了一眼，只见她的脸面上，呆呆的没有任何神情。

青雀儿不忍见这般场面，扯着乌聆牧王子出了院门。

"牧哥哥，我真心不知道这世间什么样的人是善，什么又是恶了。"

"嗯，大概想要找出只善不恶的善，和只恶不善的恶，是一样的难吧。"

乌聆牧王子这话说得绕口，青雀儿歪着脑袋想了半天，忽

...211

然醒过神儿:"不对!"

她又掏出杓兰才刚递过来的点心,两个人凑着头去看时,只见那刚出炉的糕饼上竟然结了薄薄一层霜花。寒气袭人。

青雀儿说:"这位士子终究也不算是恶人,只是心里太冷罢了。"

士子杓兰不光不是个恶人,还是个活得很努力的人。他上进而自律,永远提醒自己要悲悯。他知道如何用世俗的办法成就自己,可是,他始终不敢活得快乐。有些人就是这样,为了怕变成笑柄,而做了一辈子的可怜虫。大家看到的那些十分争气的故事,若往深里探究,或许又是另外一番悲剧。

这天乌聆牧和青雀儿走后,士子坐在屋中,无来由地落下一滴泪来。

他倍感惊异。自己这一生从未流过眼泪,他笑也非喜,叹也非悲,他是世人眼中的无双男子,却没有悲欢起落。

捧着花籽的掌心,无端腾起一股热气,令他心神一凛!

不知从此之后,士子杓兰还会不会是乌涂国人眼中的至美男子。

第十章　公子夜重华

从枸兰公子处出城，全凭脚力又再走了几日，已到了又一座城池之下。那城门下有个发间掺着白丝的妇人正在售卖梨子，青雀儿见那一篮梨黄绿可人，忍不住吞了几吞口水，便要去买梨子解渴。

老妇人把梨子拣好的放到青雀儿手捧里，她拿起一个便咬，咔嚓一声，汁水四溅，十分酥甜！

老妇人摆摆手拦她："哎呀小姑娘，这秋寒时节，吃了生梨果要闹肚子的！回去蒸熟了吃碗梨汤最好！"

青雀儿笑说："我和哥哥是远来的路人，此处离我家足有千里之遥，哪里找柴火锅灶炖梨汤去？！"

老妇人瞧她灵动可爱，心下十分喜欢，便说："也罢，这天色也近黄昏了。夜里哪能赶路？！你们不妨进城来歇歇脚力，到我家去，吃碗梨汤歇一觉吧。"

青雀儿和乌聆牧一合计，歇一晚再走也不迟，便要多给老妇人一些银钱，跟着她回家歇上一歇。谁知那老妇人十分执拗，硬是不收。

老妇人家里院落不大，有几棵果树，上面零星还有些未摘的梨子。老妇人说："我丈夫早已去世，女儿也出嫁了，一人住着时常孤单，没事便摘些梨子去卖，打发打发时间。"

老妇人独居已久，见了人来，十分健谈。她一边忙着去炖梨汤，一边嘴里还絮絮叨叨说个没完。

"瞧你这小姑娘活泼伶俐得很，真是招人疼啊！偏我那丫头性子像她爹爹，木头一般！女婿也是个一天没有三句话的！他们屡屡要接我过去一起生活，我总嫌跟着他们过日子呀，实在没意思得很！要是我女儿也能像你这丫头一样能言善道多好！女孩子啊，该活得热热闹闹才好……"

老妇人独自絮絮叨叨说个没完，乌聆牧王子背着她朝青雀儿做了个无奈的哭脸。青雀儿此时也略有些后悔：真不该跟着这唠叨大婶来她家门……

老妇人一数落起女儿女婿便刹不住话头，青雀儿赶紧拦下她："还没请教，您怎么称呼呢？"

"我做姑娘时的闺名叫黄梨花，如今这把年纪了，也没人喊我这种娇嫩嫩名字了。你们就喊我婶婶吧。"

"黄梨花婶婶，我和哥哥初次路过，不知这是哪一城哪一国？"

"这里是空色国啊！"

"空色国？！"

青雀儿听着耳熟，等她终于醒悟过来，便与乌聆牧王子交换了一个眼神,显然他们这会儿都已知道这是哪里了。

"这里就是空色国!那这城里定是有一位夜重华公子了?"

黄梨花大婶听闻此言,并不十分惊讶,她只是"哈"地一笑:"八成你们也早听说了夜重华公子的美名了吧?!也难怪啊,世人都说夜重华公子是不世出的才俊!还有他的夫人,也是举世无双的妙人!世上怕是再找不出第二对这样的夫妻了……"

黄梨花大婶对夜重华公子极尽溢美之词,好似这世上之人皆仰望他的光芒也毫不为过!青雀儿此刻兴趣不大,她想到了几天前刚刚辞别的杓兰先生……

乌聆牧却兴趣浓些,客客气气跟黄梨花大婶打听夜重华公子的故事。

"小伙子你先别忙,等我把这蜜甜的梨汤端出锅给你们尝尝。你们一边吃着,一边听我说着。保准你们今天不会白过!"

黄梨花大婶便给他们细细说着夜重华公子的故事。不过,公子夜重华的故事,得先从一个女子开始讲起。

婴孩生下来的那天最丑,之后会如渐渐长开骨朵的花苞,一天美过一天。

世人都这么说。

只有营造官大人一家例外。

营造官大人家的大女儿,一落地便以她绝世的丑容吓瘫了接生的婆婆!接生婆挣扎着从地上立起来,勉强安慰夫人,话语间很是没有底气:"孩子长长总会好看起来的……"

直到出了满月,更觉这婴孩的脸颊块垒不平,加之肤色如漆，营造官的小妾掩着口与使女窃笑："简直像块三更夜的烂泥地。"

等到大女儿满地跑了，偶一日名医朋友来访，营造官夫妇才知，这孩子原来是天生恶疾。

"这种面部恶疾实在罕见，而且会随着年龄的增长逐渐加重。"

夫人一听几乎跌倒在地："难道这孩子还会一年比一年更……"

生身亲母看着自己命苦的女儿当然不忍心把个"丑"字说出口，名医也颇觉尴尬，他垂下头，那个"是"字硬是生生咽了回去。

一个女子的容貌，几乎是她终生的倚仗。营造官大人的大女儿，在一岁的年纪，便没了这份指望。

营造官夫妇连连问："可有药方能治？"

"我见了大半辈子的病人，这种恶疾也是头一次亲见。我先写一张方子，试试再说吧。"

这位是不世出的名医，言辞也这样迟疑踯躅，营造官夫妇的心已凉透大半。夫人急得连哭都忘了，攥着的拳头里掐得全是指甲印。

名医发了一会儿呆，忽而眼中有光一闪，随即又熄灭了。

"可是有想到什么法子吗？"营造官大人不肯轻易死心。

"也不算是什么法子。我少年时游方至娑婆国，曾读过那里的一本典籍，隐约记得里面说过，这样的病，听身边最亲近的人念诵万遍婆心经可治。"

"哦？婆心经？！"营造官夫妇眼神又亮起了神采。

"可是，谁又知道这婆心经究竟是什么呢？"医生无奈地摇摇头。

自此，营造官家的大女儿就照着名医的药方日日草药敷面。不论她走过哪里，丈余开外兄弟妹妹们都皱眉揶揄："嗐，闻闻这味儿，药草小姐又来了！"渐渐地，连使女仆妇也戏谑和怠慢起来。

因她敷面的草药里常年有一味雪里见，兄妹们干脆张口闭口喊她"雪里见"，直至后来，连使女们也称呼她"雪里见小姐"。她从小相貌丑陋，父母只顾着给她配药医治，也未曾想着为她取名，"雪里见"叫久了，也就成了她的大名。

雪里见七岁时，母亲去世，小妾成了营造官的正夫人，雪里见自此成了家里最不受待见的姑娘。父亲看到她即心生烦闷，兄弟妹妹一见面便是嫌弃、欺负，唯有母亲当初的使女青烛还一直照顾着雪里见，日日为她煎药敷药。一晃十多年过去，雪里见的面容越发见不得人，别家的姑娘二十岁已然做了媳妇，只有雪里见，还孤守在闺中。

此时，城中光华无双的夜重华公子，也已满二十，正该婚娶。

夜重华公子出身世家，门第高贵，更遑论他那翩翩风姿如玉树一般高洁傲岸，是城中少女们最理想不过的丈夫人选。

夜重华公子并不理会那些明处暗处递来秋波的少女心，他立誓要选一位最心底明光的女子为妻。

夜重华公子养有一只白羽鸽,多年陪伴在他身边,不论跟着师傅读书念诗,或是随着乐师习练琴律,白羽鸽都立在一旁。数年下来,白羽鸽早开了灵性,是夜重华公子的知音。

有时公子烦闷,白羽鸽悄然振翅,去花园里衔来一枝鸢尾,香气直令公子精神一震,大为愉悦。

有时公子孤寂,对着白羽鸽说些心事,至动情处,鸽子眼中竟泫然欲泪。

有时公子弹琴,白羽鸽立在一旁聆听,偶尔漏了音符,鸽子凑到他手边,用脑袋轻轻抚触公子的手指。

夜重华公子对白羽鸽的信任,胜过一切亲人朋友,在选择妻子这件事上,他也只肯相信白羽鸽的眼光。

这一日,公子对白羽鸽说:"我最亲密的朋友啊!如今我已二十岁,正该需要一位妻子。但世间繁花如沙,难免乱人心神。倒是你们鸟族没有人事纷争,能够目光清明。"

白羽鸽立在公子臂膀上,默不作声。

公子说:"我想请你帮忙,去帮我选一位妻子。我要她眼界明光,我要她心性阔朗,我要她是这世上最光华夺目的明珠!最懂我的朋友啊,我只相信你的眼光!"

夜重华公子说罢拿出了一支精致的发簪,上面镶嵌有一颗莹润无瑕的珍珠,他对白羽鸽说:"你若找到那个人,便把这支发簪插到她的发辫间。她便是我要娶的妻子。"

白羽鸽会意,衔住发簪朝着远处飞去。

白羽鸽足足在外逡巡了三天三夜,才终于回来,发簪已不见了。夜重华公子知道,白羽鸽已经帮他选定了妻子:"谢谢你,我最信任的朋友!此刻,我便去城中寻找你帮我定下的新娘!"

不久后,一个消息在营造官府上炸开了锅:年轻才俊的夜重华公子求娶雪里见小姐!

夜重华公子的相貌才华举国上下有目共睹,这让营造官大人犯了难:夜重华公子大概是真的不知道雪里见的丑貌吧?万一礼成后面对面见了,夜重华公子受惊反悔,这要如何收场?

营造官拒绝再三,婉转说了些"大女儿相貌不堪相配"之类的话推辞,媒人一力劝说:"夜重华公子再三言明,得到珍珠簪的小姐,便是他的妻子。大人尽可放心,夜重华公子立誓一定会好好敬重爱护小姐!"

营造官心下仍是惶恐,试探着问:"哦呀,只怕我家大女粗陋的容貌会惊着了公子!不如这样,我还有个女儿叫姬玉露,最是美貌,也可让她来替代姐姐……"

雪里见的妹妹姬玉露适时地直起胸脯往媒人眼前凑了凑,细捏着嗓音说:"婆婆,我那姐姐的样貌难以形容……公子见了她非吓得晕倒不可!"

媒人没有理会妖佻佻摆弄着风情的姬玉露,加重了语气强调:"夜重华公子说,得珍珠簪者为夫人!"

这一来,新娘的人选可是板上钉钉了。

姬玉露"哼"了一声扭身回房,营造官大人一脸惶恐地应下了婚事,他心里的滋味,活像是用高价卖出了分文不值的货品，既兴奋又忐忑。自家年满二十的长女终于嫁人，且是嫁给了世人都羡慕的才俊公子，这门婚事真的会万无一失吗？——营造官大人心中一声喟叹："也罢，由他们去吧……"

夜重华公子与雪里见成婚的前夜，白羽鸽立在他的床前，幻化成一位最清秀儒俊的白衣少年。他张口对夜重华公子说起了人的语言："我最亲密的朋友啊，我在人间的时限已满，如今该回去了。营造官家的雪里见是我为你悉心挑选的妻子，她心性明光阔朗，足以抚慰你平日的寂寞。此后的因缘际遇，便看你们互相之间的善待了。"

说罢，这白衣的少年身躯渐渐变得透明，直至淡化成雾气，随风而散。夜重华公子起身要追，雾影早已不知所终。

公子对月一声叹息，他知道自己与白羽鸽的缘分已尽。明日便是婚礼，此后又将是一番新的历程了。

婚后的夜重华公子待雪里见极为和善，两人平日里一起念诗书、弄琴弦，偶尔小酌数杯。雪里见相貌虽恶，心底却极温善，性情也爽朗。夜重华公子才识无双，二十年的时光里所遇无数，觉得唯有雪里见的品格情趣最值得敬佩。他常对妻子说："我的爱妻雪里见啊，如若你是男子，我也一定要与你结为异姓兄弟。"

雪里见便打趣他："定是夫君爱闻药香！大概生药铺里的伙计个个都能做你的兄弟。"

小夫妻平时说说笑笑，有时一人床头、一人床尾，拥被聊到天亮，自小照顾公子的乳母十分诧异："都说男人结了婚都会变得跟先前不一样，可见是不假。谁承想咱们少言寡语的公子一成婚就成了话痨呢！"

雪里见在冬天做了新娘，等到第二年开春的时候，她已经可以坦然地在夜重华公子面前仰起面孔了。起初嫁给公子，雪里见十分忐忑，即便面对面坐着，她也要躲在暗影处，把脸庞埋进胸口，生怕自己丑陋的容貌会惹丈夫烦恶。

夜重华公子却不在意她的容貌。公子天生磊落，不论与谁交谈，目光都坦荡温软，他不像其他男子那样用黏腻的眼神黏住妻子，与她聊天时，他时常会望向远处，似乎带着一些些的向往。雪里见也说不清他到底在向往什么。有一次她问丈夫："你目光的归宿是哪里？"

"我的目光只肯安放在光华夺目的地方。"

夜重华如此回答妻子，竟让雪里见心里一阵刀剜！她无数度也梦想自己是世人眼中的光华夺目啊，然而，现实里的她却是一脸烂泥般的可怖。

那晚在卧床上，雪里见回身向里，不肯理睬夜重华。公子只是轻轻抚着她的脊背："万物皆有光芒，唯心中的光彩最能透彻肺腑。当所有的灯都熄灭了，你内心的香气便是黑暗中的光……"

沉默了许久，他又说："有你在身边，我便觉得光亮。"

雪里见回身向他的时候，泪已淌了一脸。

夜重华公子待雪里见是那么温柔细致，他为她备好了一切，不曾让她丝毫困顿，四季皆安。彼时雪里见的妹妹姬玉露也已成婚。新郎的相貌家世也是不差，但新婚还未出三月，便与花巷的酒娘当街调笑。还在新婚而已，姬玉露与丈夫已相看两厌。

　　姬玉露更加深恨姐姐雪里见，因那夜重华公子对雪里见实在是世间难寻的体贴，他说话的时候总会望向雪里见，眼神空旷豁达，笑意浅浅……姬玉露愤愤地跟母亲抱怨："这夜重华枉生了一双清亮妙目，却不辨美丑！"

　　雪里见与夜重华公子的婚后生活如此美满，越发让继母嫌弃了她。亲生的貌美女儿回门便是哭诉，隔了肚皮的丑闺女却被夫婿捧成了明珠！雪里见分明能感受到继母的不欢喜，因此识味知趣，再不回门。

　　她临走时，跟母亲当初的使女青烛告别。

　　"青烛姑姑，我以后不常回来，你好好顾念自己。若有什么难处，尽管去找我。"

　　"唉，雪里见小姐，见你如今过得如此安适，我再没有什么不放心的了。眼瞧着小姐你的气色，要比出嫁前好了太多哪！"

　　"青烛姑姑，我还能有什么好气色！你也知道的，我的卧房里连镜子也从不曾有，小时候是母亲怕我看了镜子伤心，如今更是我懒得看自己了。"

　　"雪里见小姐啊，千万别灰心，这久不见面，乍一见倒觉得你这脸比先前白净了许多呢！"

　　雪里见想了半晌，笑笑说："或许敷了这些年的草药终于有了点效用了也说不定。"

雪里见并未觉得自己有太多变化,她的卧房里虽然不备镜子,但偶尔路过水池边、经过玻璃镶就的窗户前,映出的依旧是一张丑陋的脸,她更懒得多看。就算是自己的继母和妹妹、包括父亲和兄弟,也并未发现她的变化。身处在一个人人都顶着一张俊脸的地方,美人略丑一点都算不得美了,更何况是丑女略美了一点。

继母既然见了雪里见厌烦,雪里见索性安下心做夜重华公子的妻子,无时无刻不尽心爱着他。

夜重华公子也挚爱自己的妻子。他爱听她讲话,觉得她的声音如弦乐一般悦耳。他也爱陪她插花,身旁的她把一枝枝气味不同的花朵搭配在一起,直至满室生出奇妙的香。他更爱她的手温,一直都是暖的,每每回到家总是她接下衣衫,轻柔又利落地拂去他身上的尘霜……

夜重华公子觉得人生抵达了最幸福的港湾,他的嘴里心里,雪里见是这世上最蜜甜温善的美人。

日子一晃已是第四年,雪里见和夜重华的幸福有了更长久的保障,他们的儿子出生了。小公子玉雪可爱,夜重华为他取名"抚云"。

得子之喜自然来往道贺的宾朋不断,雪里见因为自感容貌不佳,从不参加贵妇们的酒宴应酬,这次生育了孩子,不得不整装向前,抱稳儿子低首迎客。来往的宾朋们都是第一次见到雪里见,个个止不住地夸赞小儿粉白可爱,与母亲一般清俊。

稍晚的时候，客人渐渐散了，雪里见的继母和妹妹方才应景来贺。一连几年再未会面，如今姬玉露经年的懊糟婚姻生活下来，当初瓷白的面色越发憔悴黯淡。今日她们也只是碍于情面来贺雪里见得子之喜。雪里见刚从昏暗的内室走出来，与母女二人迎头问好，继母和妹妹活像撞了鬼一般，惊恐万状！母女二人呆立了半晌才醒过神，掉转了脑袋夺门就跑！活把宾客们唬得一跳！众人心说："这雪里见夫人瞧着怪斯文典雅的，娘家人却如此粗鄙失仪！"

待宾客们走后，雪里见仍觉得纳闷，跟夜重华公子聊起今天继母和妹妹的蹊跷事。

"为什么她们见了我像见了鬼一般？难道我的样子又丑了几分吗？"

"爱妻你的样貌如暗夜里的珍珠，是难得的美丽。怎么会丑？"

"哎哟，这世上也就唯有你觉得我样貌好看！"

"你本来就是好看，今天的客人哪个不夸你貌美？"

"人家那是客气话而已，你还真相信哪！我这样子，实在很难见得人！"

"美且不自知，这正是你比别人更美的地方！瞧瞧你眼睛乌溜溜的，像一种说不出名目的宝石，昂贵而罕有。瞧你这嘴唇，真像咱们初夏里吃到的鲜樱桃的颜色。还有你这脸颊，我这就去花房里摘两朵菱花湛露比比看谁更娇嫩。再有你这头发，真是稀罕，是黑密，又不黑得沉闷，像，像，像是个什么呢……"

夜重华公子一边嘀咕着，一边拿手指头叩着脑门心儿，那样子顽皮可爱，竟把雪里见逗得哈哈捧腹："你呀你，即便编瞎话，也编得这样真材实料的样儿……"

她本想着丈夫又会像往常一样跟她斗斗嘴、玩笑几句，此刻他的眼神却骤然变了，夜重华公子呆愣愣地望着雪里见，倒把妻子看得浑身如披了芒刺！

"夫君啊，你、你、你把我看得浑身怪不自在的！"

在雪里见的印象中，丈夫似乎从未这样逼视过她的面庞、发丝、眼睛……她觉得夜重华公子今天的眼神似乎与之前不同。

"我，我看见了你！我的雪里见啊，我竟然看见你啦！"

这句话令雪里见惊愕不已！

——"你，终于看见我了？那是说，之前你从未看见过我？！"

夜重华公子是这世上与众殊异的男子，他自降生起，眼睛里就蒙昧一片，谁能想到，那样一双清亮的眼睛，却看不见这世上的所有。父母深为叹息，儿子天资聪慧，却偏偏不能见识万物！

夜重华五岁的时候，有位游医路过，在看视了夜重华的双眼之后，他说："这孩子的眼睛，只有最光华夺目之物才能医好。"

夜重华的父母问最光华夺目的是什么？

"或是珠玉，或是景致，或是人心……谁又说得准呢，这要看日后的缘分了。"

夜重华的父母失望叹息。

"不过我倒有一医法，不知你们可愿意试试吗？"

游医的法子听起来甚为可怖。

"待我用刀刃剖开公子的肉身,把夜明珠一颗嵌入他的心窝处。这夜明珠逢暗愈加明光,可照亮公子心胸,虽看不见这世间细物,但穿行往来于人世,这心中的光也足可照亮他的眼前路了。"

夜重华的父母听得直摇头:"看花看树,读人读书,皆用眼睛。光是照亮心胸能有何用?!"

游医一笑:"二位殊不知,真正心有明灯的人,往往闭着眼。"

夜重华的父母听不懂这话的意思,游医便直白相告:"下智者以眼识万物,中智者以事识万物,上智者以心胸识万物。这才是人间真正的慧眼啊!"

夜重华在五岁的时候就为自己做了一回主张,他扯住游医的袖衫:"先生,我信你的。"

那一天,改变了夜重华一生的路途。当那游医离开之后,夜重华变成了那个用心胸看万物的孩童。

夜重华公子讲完,雪里见久久无语。原来得嫁夜重华,恰恰是因为当初他并看不见自己丑陋的相貌。而今,公子除却乌云得见光明,而自己这张脸……

雪里见以手抚面,心中又痛又愧!忽然间,她手指停在面上再不敢移动了,她感受到自己曾经如泥路一般的面庞此刻如秋水般滑润,她想起继母和妹妹今日见鬼一般的举动,又想到客人们纷纷夸赞小公子如母亲一般清俊可爱……雪里见猛然起身,她在找镜子,可是她的房间里哪会有镜子?!她拼命地跑啊,在院落里四处寻找,终于在前厅的玻璃扇屏处停下了,她颤抖着朝里面偷眼望去,平生第一次感受到胆怯,她害怕自己会失望,更害怕夜重华公子会失望!然而玻璃扇屏里,一个鲜活欲滴的美人,她的面目,如满月一般光华夺目!

雪里见一下子瘫倒在地,生平第一次号啕大哭。当眼泪流到她的嘴里,是甜味的……

夜重华和雪里见的故事就是这样了。青雀儿和乌聆牧只顾听黄梨花大婶讲着,碗里的梨汤足足还剩了大半,故事听得入迷,早忘了吃喝。他们惊异不已,连连赞叹:"世上竟有这样的奇事!"

好久没人听自己讲过这么久的话,黄梨花大婶心下大畅!她得意地说:"这远近邻里还有女儿女婿,即便是我那老头子在世时,也总嫌我话多,可话多也有话多的好处不是?!"

青雀儿和乌聆牧还沉浸在故事中,半晌没回过神来。

黄梨花大婶自顾自说:"后来还是雪里见夫人想起,自己七岁时那医生的药方:这恶疾,最亲近的人念诵万遍婆心经可治。——你们说,这婆心经是什么?"

青雀儿一抬头,正迎上黄梨花大婶得意的眼神:"婆心乃是慈悲良善之心,所谓婆心经,不正是慈悲良善之语么?可见那些年啊,恰是夜重华公子不止万遍的赞赏,才让雪里见夫人脱胎换骨!"

青雀儿抚掌赞叹:"是了!雪里见夫人能得光华夺目的面庞,

源于夜重华公子经年的善待。又是这最光华夺目的容颜，医好了夜重华公子的双眼！恰是两个不被上天善待的人，却因互相的善待，成全了彼此啊！"

黄梨花大婶重重点头："是了是了！就是这么回事！"

青雀儿也坐不住了："黄梨花婶婶可否指个路，我们要去见一见这位夜重华公子！"

第二天一早，黄梨花大婶换上了干净整齐的衣服，用头油把鬓角梳得光亮，她带着青雀儿和乌聆牧来到了夜重华公子的府上。

宅院敞阔，山石流水无一不精妙，秋花霜草也是修剪得雅致。青雀儿和乌聆牧感叹不已：这小小的空色国里，竟有这样风雅的所在！

仆从们笑意盈盈地引了他们到前厅落座，便入内室去请主人。正等待间，一个穿月白衫袍的少年公子走了进来。公子面貌俊雅，眉间疏朗，青雀儿忍不住问："啊！你就是夜重华公子？"

少年哈哈笑了："我哪是夜重华？！我的父亲才是夜重华！"

正说话间，一位气质极高贵典雅的妇人走过来唤了少年一声："抚云。"

少年便凑到那夫人身边，揽住了她的臂膀。

这位便是雪里见夫人了。

青雀儿心中赞叹：这夫人年纪想来已有四十岁不止，却美艳高华，气韵绝伦！真难想象她初生下来时会是最丑的姑娘雪里见！

黄梨花大婶介绍完二位来客，雪里见夫人落落大方地道了礼："幸会二位远客了。夫君正在后堂议事，稍等便来。"

抚云公子与乌聆牧青雀儿年纪相仿，三个少年不过瞬间便熟络起来，聚在一起叽叽喳喳说些一路的见闻风俗。雪里见夫人含笑看着他们，眉目清婉，慈母一般。

聊了有两盏茶工夫，夜重华公子才终于赶来。

虽已至中年，仍眼含光华，他在生人前话并不多，却自有一种令人信赖的气质。青雀儿此时忽然明白：为何那杓兰公子要处处效习这夜重华的行止。眼前这位大叔，通身皆是高人逸士的风范啊！

两位远来的客人由衷地赞美了这一家三口，给予这一家发自内心的祝福。但他们并未忘记来到这里的初衷。

"若您不是我们要找的人，恳请您指点，到底我们要找的人在何方？"

夜重华微微闭上了眼，他胸有明珠照亮迷雾。后来他睁开眼睛，对二人说："看来，你们要赶很远的路了……"

第十一章　五十弓箭手

王后赫伦珠又从漫长的噩梦中醒来。

她幽柔的双目看了一眼身旁的丈夫，深深叹出一口忧愁……赫伦珠的故事，要从三年前说起。

朱镝国年轻的新王登基，要做两件事：一是巡视自己广袤的疆土，二为臣民们寻一位王后。

国王赤摘缨是一位最仁慈温善的君主，从小他亲历了国家的连年战争，目睹了百姓因兵乱衣食无着，深以为痛。登位后他发下了第一个愿心："纵使我才能疏浅不能扩土展疆，但求不为百姓引来战乱灾祸便好！"

国王赤摘缨巡视四方国土，从田间到民居，从高山到草原，耕牧之地尽皆细查，满眼说不尽的富庶。

这一天在广袤的草原，赤摘缨完成了最后一站的巡看，带领着近侍卫队就要返回王城。此时已近正午，日色高浓，有浮云万千，衬着新绿的草色，年轻的国王倍觉舒心畅气！

"啊！若我朱镝国能永如此刻般高阔安稳，我便无他求了！"

忽地远空一阵厉声嗷叫打断了赤摘缨的感慨，众人都惊了一跳！仔细看时，有一只极大的花头雄鹰奔袭在云中，虽是高高在空，那鹰展起翅膀来也足有伞般阔大，它忽高忽低、忽缓忽急，甚有王者气！

卫队中不知谁喊了一句："看，那鹰背上驮的什么？"

众人仔细看了又看，俱惊了一跳：上面分明驮着一位女子！

那女子身着如雪白衣，在这蓝空层云间，如云朵一般轻盈，若不仔细看，恍惚只以为是这鹰穿梭在云间。

地面上的人并看不清楚那女子的面貌，只见她伏在鹰背上，绵绵无力的样子，大家尖声嚷叫起来："哎呀，莫不是这鹰捉了这女子做食？"

赤摘缨心下一"咯噔"，他掌起弓箭，箭镞对准了那鹰！忽又停下了，像在琢磨什么，随即松下弓弦，把箭拿在手里摆弄了半晌，这才又对准了半空中的雄鹰。

国王赤摘缨自小习练骑射，百发百中，箭一出弦，直中那鹰的腹部！巨鹰应声而落，白衣女子也从半空跌落，国王策马疾去，稳稳接住了女子。等他把女子扶住了放在草地上休息，那十七八岁白雪般的少女一扭脸，惊呆了所有人！尘世间再难寻得此般清丽绝伦的少女了！

"这位小姐，你可还好？"赤摘缨温声问道。

周围的近臣赶紧补了一句："是国王救了你，还不赶快谢恩！"

少女却脸色愠怒起来："我原本晕倒在雪山半腰，是这鹰驮了我飞到这里,它并未伤我性命,你却为何伤它?"

国王赤摘缨一听略有些尴尬:"哦,我以为它是要对你不利。"

"不过,你且放心。"国王赤摘缨说道,"我并未伤它性命,你看,它不是好好的吗?"

少女一双妙目看了过去,但见那鹰扑腾了几下站了起来,抖了抖翅膀,看了她一眼,又振翅朝天空飞走了。刚刚花头鹰坠落的地上,落着一支没有箭镞的箭杆。

"万物皆是生灵,怎能任意杀戮?我把这箭镞拔掉,趁着今日这风向,借着弓弦的力气,也足以震落这鹰了。"

少女听赤摘缨如此说,脸上升起一阵羞愧的颜色。她俯下头,不再言语。

赤摘缨见她虽然有绝伦之姿,此刻却面色苍白,似乎是疲倦极了,便对她说:"仙子一般的小姐,你不要害怕。我是这朱镝国的新君,想你是走了很远的路途,一定累极了。不如先随我去吃些饭食,休整好精神再赶路吧。"

少女确实已经好久不进饮食,腹中十分饥饿,便点了点头。

国王带着少女回到王城,在宫殿里为她准备了休息的房间,又让厨娘端来各色烤制美味的肉食和甜点,再加一壶温得热热的甜奶酒,等她梳洗完毕,亲自招呼她来用饭。

那少女虽是饿极了,却并不狼吞虎咽,依旧轻嚼慢咽。她先是吃下一盘烤肉饭,又用了两个甜酪卷,最后倒上一碗热热的甜奶酒捧在手里静静地喝。她吃饭的时候仪态玉立,安安静静,一点声响也没有。国王赤摘缨因此心下十分赏慕于她。又见她乌黑的头发被梳成七股，编成了辫子，把辫梢处拢在一起，都松松散散地束在后脑处。朱镝国没有女子梳这样的发式，赤摘缨便问她："小姐的打扮不似我国中人，想来是远路的客人吧？"

少女并未否认："我自小在离这里极远的雪山脚下长大，若不是遇上了这鹰，恐怕一辈子也不会到来贵国。"

赤摘缨便说："既然如此，你便告诉我父母的名字，我派使者护送你回家。"

少女摇头："我如今已是无父无母了。"

见国王赤摘缨心慈面善，她便把自己的身世讲了出来。

这自小生长在雪山下的少女，名叫赫伦珠。她的父亲是天神的长子，是为鹤鸟太子，因爱慕人间少女，化作人形下凡与之相会，生下了女儿赫伦珠。后来鹤鸟太子被人族射杀，那时赫伦珠才刚刚出生。她自小便只跟着母亲一人生活，如今母亲也故去了。

"我已无家，去哪里都是一样。"

赤摘缨这才想起那鹰驮着她时，赫伦珠并不挣扎反抗，又看到她的眼中，总是清雾蒙蒙的哀愁。一想到这少女凄婉的身世，年轻的君王不禁心生怜惜。

赤摘缨对赫伦珠说："想你从那遥远的雪山来到这里，该是天神的安排。既如此，便留下来做我的王后吧。"

赫伦珠想到自己此时处境孤苦无依，又见这国王样貌清俊、眼中含星，料想他定会善待自己，便答应了赤摘缨的求婚。

朱镝国自此有了一位风华冠绝的王后。

成婚之后，赤摘缨全身心地爱着妻子赫伦珠，他命宫人依照王后家乡的习俗布置寝宫，又亲自从全国上下挑选了十二位才艺胜绝的伎人作为王后的宫伎，他花重金为王后买来东方名贵的丝绸做衣裳，他在外每吃到鲜美的果品第一句便会吩咐："去，拿一些给王后品尝。"

国王如此宠爱王后，赫伦珠却并未因此恃宠而骄、淫奢无度。朱镝国的臣民们无不感恩上苍仁德，为他们派来如此美且高贵的国母。

可王后赫伦珠啊，并未因此而开心展颜，她的眉宇间总有一番孤寂之愁。婚后第三年，她开始重复不断地做一个噩梦，梦中有个看不清面目的白羽仙人对她说："赫伦珠啊赫伦珠，有人就要来抢夺你的美貌！你将失去你的容貌，而你的夫君将失去他的国！"

每每从噩梦中惊醒，王后赫伦珠心头的阴霾久久不能散去。

这世间，总有人因别人的幸福而不快。比如乌胄国的女王赛罕音。

乌胄国与朱镝国毗邻，国中匠人制作盔甲的手艺超绝，因而兵力强健、战而多胜。女王赛罕音与朱镝国王赤摘缨年龄相仿，她曾在少女时见过当时还是王子的赤摘缨，见他容貌俊雅、语调儒秀，心下十分动情。等到她继承了王位，便动起了联姻的念头。

女王赛罕音派来的使者带来了乌胄国最名贵的礼物，有万箭不穿的乌金盔甲，有人间难得的狮肝豹胆，更有一张地势图，使者指着它在王前进言："国君若与我女王联姻，两国疆域将连成一片。朱镝国马壮羊肥，我乌胄国兵备强大。女王说，若两国联合，一起攻城掠地，便是想做中原大帝也未必不能！"

使者见赤摘缨垂目而视，并不理会他的游说，进而说道："当然，我女王深慕国君已久，若能与国君结为夫妻，不论将来攻下了多少城池、拓展了多少疆土，女王愿尊陛下为唯一的国君，而她为王后。"

乌胄国使者一番话已然十分诚恳，赤摘缨却仍是一而再地委婉拒绝了。赤摘缨幼年时历经战乱，继位时曾立誓要在有生之年保朱镝国百姓免受战乱之苦，他减少征兵，遣老兵回乡团聚，他不求扩土封疆，也不愿做大国君主，他只想给朱镝国百姓一个安稳的生活。而乌胄国女王赛罕音，虽是女流之辈，却酷爱杀伐，屡屡增兵扩伍。她曾拿活人做靶，让士兵演练骑射，全军上下无人再敢怠懒！如此冷血的女王，绝不是赤摘缨心仪的伴侣。

乌胄国的使者悻悻而归，为避免被苛酷的女王责罚，这使臣添油加醋把赤摘缨的傲慢无礼演说得天花乱坠，临了还补了一句："我已向那朱镝王明白表达了女王愿让他为王、自己为后的意思，可他非但不感动，反而讥笑女王陛下轻贱……"

女王赛罕音勃然大怒，发誓日后定要报仇！

不久之后，便传来了朱镝国王大婚的消息，女王赛罕音十分好奇赤摘缨娶回的是何等女子，派了画师偷偷潜进朱镝国王城。画师在大婚现场看过了王后赫伦珠的模样，便摹画到纸上，

...235

带回来给女王观瞧。赛罕音一瞧那画中之人楚楚美艳，顿时又惊又妒，问画师："这画像与本人比，有几分像？"

画师说："只有五分像而已。"

女王冷笑一声："我就说嘛，一定是你们这些画手卖弄技艺，见了女人总爱往美里描画！"

画师赶忙跪下："女王息怒！说的五分像，是我才艺浅薄，只能画出这王后的五分美貌！"

"哦？那真人如何？"

"那朱镝国王后比这画像更美上一倍不止！"

女王赛罕音更加恼怒！自此她便认定，赤摘缨是受了赫伦珠这副妖容的魅惑才拒绝与她联姻！她暗下了决心，必要除掉赫伦珠才能略解恨意！

此后三年，赛罕音一边加紧练兵，一边派近臣去各地寻找巫师。话说越是得不到的越是心爱得紧，无数次对月孤怀，赛罕音一想到赫伦珠，便恨不得削其骨、噬其肉，更想要取而代之，与赤摘缨温存燕好！

在赤摘缨和赫伦珠结婚第三年的时候，赛罕音寻得了一位久不出山的女巫师，名叫吉姆桑。

赛罕音许以重金，吉姆桑给了她一罐人间至毒的蝎苗，那蝎苗不过米粒大小，浑身莹白透明，"任你是谁，被它咬上一口，当即毒发毙命！"

赛罕音登时大喜，命最巧的织娘把蝎苗用极细的丝线织绣进最精致的绸缎里。伪装成布商的乌胥国密使，来到了朱镝国，把这些绸缎献到了王前。赤摘缨一见如此华贵的丝缎，十分喜悦，当即全部买下送与王后做衣裳。

果如吉姆桑所言，赫伦珠刚一试穿新衣，便觉浑身上下针刺般痛楚，旋即晕倒在地。

国王赤摘缨急疯了，遍寻了名医，用尽了良药，垂危的王后仍不见苏醒。

就在王后命若悬丝之际，宫殿中来了一位身着白色羽衣的隐士，对国王说："王后中的是人间至毒，也需人间至药才能得解。"

赤摘缨急问："何为人间至药？"

白衣隐士只说了一句"王者之血，可杀至毒"，便翩然而去。

赤摘缨来到昏睡的王后榻前，命使女拿来匕首和碗，用匕首割破手腕，让鲜血流到碗中，直流了满满一碗。他亲自把鲜血给赫伦珠灌下，随着最后一滴王血入喉，赫伦珠缓缓睁开了眼睛。王后终于醒来了！

挚爱失而复得，赤摘缨忍不住紧紧抱住心爱的妻子，自此更加爱护王后，又加了一倍的使女和仆从伺候，绝不允许再有差池！王后赫伦珠得知丈夫以鲜血救她性命，更是震动不已，暗自发誓要永生永世做赤摘缨最忠诚的伴侣！

女王赛罕音的计谋落空，但她并未因此罢手，沉寂了多日，她忽然想到：与其简单地杀死赫伦珠，不如移花接木、取而代之！

一个更大的计划在她胸中筹划开了。

王后赫伦珠自此时不时地做起了那个噩梦:"赫伦珠啊赫伦珠,有人就要来抢夺你的美貌!你将失去你的容貌,而你的夫君将失去他的国!"

每每从噩梦中醒来,她再也睡不着,坐在熟睡的夫君身边,郁郁难眠。偶尔赤摘缨醒来,看到妻子这般模样,便也不再去睡,用温暖拥抱她安慰她。一次赫伦珠实在忍不住,对丈夫说出了久被噩梦纠缠的事情。国王赤摘缨不以为然,他安慰王后:"我最亲爱的赫伦珠啊,一定是你日日思虑太过,才会夜夜有噩梦。别怕,有我在你身边,不会让人伤害到你!"

虽是如此宽慰妻子,赤摘缨还是更加小心翼翼地看护着赫伦珠。他派了五十弓箭手做王后的护卫,个个都是朱镝国最精干的箭手,日夜巡值,确保王后的安全。

转眼已是春天,就快到了赫伦珠的生日。国王赤摘缨想送妻子一份能让她欢欣的礼物,为此颇费踌躇。

这日,国王乘坐銮车回王宫的路上,见密密一堆人围成了一圈。赤摘缨十分好奇,命车夫停下,遣宫人去视看。宫人片刻来回:"陛下,这里正有一位异乡妇人在兜售波斯明镜。要价一千个金币。"

国王眉目一惊:"什么镜子,竟值一千个金币?!莫不是游方的骗子吧!"

赤摘缨命人带那妇人过来。那异乡的妇人乌眼赤发、肤色如霜、双眼如豹,穿着墨黑的斗篷。她那张脸,深纹满布,像尖刀刻在木头上。这样的一个妇人，气质凛冽，开口便说:"陛下莫说我欺诈。您且看看我手中这货色，便知它值不值一千个金币了。"

那波斯明镜足有半人多高，亮如明星，照得人影与本人清晰无二。此时朱镐国妇人每日梳妆用的仍是铜镜，虽可照影理装，却并不十分清晰，尤其天色暗沉时，越发黯淡。国王一见这波斯镜，分毫不差地望见里面英俊伟岸的自己，顿时爱不释手。他心想：若把这波斯镜做生日礼，我的赫伦珠一定十分喜爱！

国王赤摘缨买下了这面半人多高的波斯镜，命人牢牢悬挂在了王后的寝宫里。赫伦珠自是喜欢非常，每日在镜前瞧看自己的颜色——她曾无数次在春水边瞧见过自己的身姿，也每日在铜镜前梳理柔软的发丝，但她从未如此清晰看见过自己的面孔，清晰到每一根睫毛、每一寸肌肤，以及因噩梦而难以安睡时眼底布满的红丝！

这面镜子，让赫伦珠每天都舍不得不坐下来与它相处。她每次在镜前照望，丝毫没发觉自己那绝艳的颜色正消淡了若许。

大概过了月余工夫，王后渐渐病倒了，她躺在床榻上，面色苍白如纸，眼神已没了光彩、黯淡如雾，连往日花瓣般新鲜的唇色也惨如白绢一般。举国的名医在王后寝宫出出进进，闹腾了大半月依旧不见起色。王后的容颜一天比一天惨淡，气息一日胜过一日地细弱。有时她勉强挣扎着坐起来，在使女的搀扶下坐到镜子前面，望见憔悴的面容，感伤不已，每每垂泪良久。国王赤摘缨日日柔声劝慰，看到王后顾影伤心，竟暗悔不该买这波斯镜回来,如今都是它,屡屡挑动了王后的伤心处!一日趁王后睡着,赤摘缨命人把这波斯镜丢到宫外去,不许再出现在王后眼前,令其观之伤心!

宫人得令,两个人搬了镜子狠狠丢到宫门之外,摔了个稀巴粉碎。这一幕,盯在暗处的一道黑影,已等候了很久!当宫人回身进去闭了门,那道黑影蹿到宫门边上,在碎片旁放了一方黑色布巾,念动咒语,镜子碎片竟飞动起来,稀里哗啦尽数落到了布巾上面!那人满意地收好碎镜片,匆匆出城去了。

这人正是卖给国王赤摘缨镜子的那个异乡妇人,她便是赛罕音寻得的巫师吉姆桑。上次用蝎苗毒杀赫伦珠不成,这次她又想出了个用"夺颜镜"窃取赫伦珠容貌的法子。这波斯镜并不是真正的镜子,而是吉姆桑用了勾魂草加鱼鲸骨熬制的汤药凝结而成,熬制时,吉姆桑把赫伦珠的画像丢了进去,用咒语封住了镜面,这镜子便只认赫伦珠的面容,直至吸干她的艳色!

如今吉姆桑把碎片带回了乌胄国,照样用药钵熬化,直到熬成了一钵透明的黏胶,她把这黏胶倒在赛罕音脸上,渐渐地那赛罕音的面孔软如面团一般,可以随意捏动了。吉姆桑一面念动咒语,一面照着赫伦珠的样子在这脸上揉来捏去……三天后,当赛罕音走出房门,臣民们无不失声惊呼,女王完全变了样貌!那张面孔,虽是偷抢来的,也是真的美啊!

此时的朱镝国,王后病容憔悴,已经很久。

这一日,国王赤摘缨收到了来自乌胄国女王的邀约。女王赛罕音的书信上写道：因连年征战内耗极大，故约请了周边十国的王，共同签订休战协议。以保这十国百姓百年安稳。

国王赤摘缨一见此信，心下十分畅快，当即命人准备随从和车马，明日起程去往乌胄国。

王后赫伦珠却隐隐难安，她力劝丈夫不要前往："我总觉心中不安，有很坏的预感，只怕这一去，会有凶险！"

赤摘缨抚慰妻子："爱妻莫要担心。有大将军和精卫兵士随从，不会有事的。"

"可那女王秉性好战，如何就肯轻易歇兵了呢？"

"正是因为乌胄女王好战，才更要珍惜这次机会。若能十国联合休战，将来这女王想反悔也难了！"

赫伦珠知道难以劝回，伏在丈夫膝上，她说："若你遇有险境，便托梦给我，好让我知道。"

赤摘缨温柔地应声，他眼中满含了向往："我最心爱的赫伦珠啊，等签订了这休战的协议，四方百姓皆安，再也不用每日练兵士、备粮草、防来袭了。到那时我便陪你回你的家乡看看，也许到了那里，喝一喝雪山上的泉水，嗅一嗅晨间的清露，你的病也就好了……"

赫伦珠静静听着，她心里已有预感，再也不会有这一天了……

赤摘缨带着人马，历经三日夜，终于来到了乌胄国的都城。他先遣近侍官去探问女王何时在殿。近侍官去了半日，着急忙慌地跑回来报："乌胄国满朝文武都说女王不在城内，有急事出远门去了。"

赤摘缨好生奇怪："哦？你有没有问明白，女王今日可回城吗？还是明日？"

近侍官摇头："他们做臣下的个个都说不知晓，谁也不知女王到底何时能回！"

"那其他八国的国君呢？可曾有人到来？"

"陛下啊！更蹊跷的就在这里：这乌胄国人皆说，并不知有结盟大会这回事啊！"

赤摘缨一听此言，大呼"不妙！"带齐人马掉转头就折返回朱镝国。回去的路上昼夜不歇，两天后便赶回了国中。果然，一进王宫，赫然瞧见了兵斗的痕迹！

据宫人们说，刚刚有乌胄兵马闯宫入内，领头的是一个蒙着黑面巾的女人，他们杀了不少宫人，直奔王后的寝殿去了！

赤摘缨急忙奔去，一进殿门，就听有个女人的声音哭喊出来："夫君啊！我险些被那乌胄女王杀害啊！"

女人扑到赤摘缨怀里，一抬脸，是赫伦珠艳丽的花容。赤摘缨赶紧扶起妻子，上下看视："我的爱妻啊，你可有受伤吗？"

"多亏那五十弓箭手，奋力救护我！可他们却都被那乌胄兵士们杀害了！后来听闻夫君人马赶到，那女王见事情难成，匆忙带着兵马撤回了！"

赤摘缨略略松了一口气。可他总觉得王后有些不同了，至于是哪里不同，又说不明白。

从那天开始，赤摘缨发现王后心性大变。曾经清冷和善的赫伦珠，如今变得野心勃勃，她不断鼓动赤摘缨练兵积粮，为将来出征做准备。她还亲自去操练场检视士兵们演练，但有略微懈怠者，一律斩杀！她命工匠在一月内打造一万件最坚硬的盔甲，若不能完工，统统处死！她还令百姓多交税粮，谁若交得迟了，也要处死！

一时间朱镝国上下人人自危。大家实在不解：为何高贵温婉的王后，一夕之间会彻底变了性情？

面对国王的质疑，赫伦珠抹着眼泪说："夫君啊！多年来我在你的庇护之下实在是不经世事啊！这一次被乌胄兵士闯进王宫险些夺了性命，我这才明白，要想不遭杀身之祸，唯有手握利器才行！不勤练兵、不重征税，我们如何能够兵强马壮？又如何能保护自己呢？"

赤摘缨听了这话，喟然长叹，他不住地自责："王后啊，都怨我当初不听你的劝告，非要去赴那女王的邀约，这才中了圈套。若是我一直在宫中镇守，也不会让你受到这样的惊吓了！"

赤摘缨虽然深爱妻子，可赫伦珠如今的风格却越来越令他不满。那日，赫伦珠领来了一位女人，乌发碧眼，面貌白冷。赤摘缨觉得眼熟，却怎么也想不起在哪里见过。赫伦珠对他说："夫君啊，这位是我的姑母吉姆桑，特意从家乡赶来看我。"

赤摘缨答应着："那你们姑侄二人便好好聚聚吧。"

赤摘缨说有公务要办，转身就走，突然心中一惊："姑母？！"

赫伦珠的父亲，是天神的鹤鸟太子，怎会有这人间的姐妹？！正是此刻假扮成赫伦珠的赛罕音，赶走了真正的王后！

那日女王赛罕音带着数百精兵从王宫后院来袭，直接闯进了王后的寝宫。五十弓箭手殊死相搏间，射落了那女王的面巾，大家都震惊得无以复加：眼前的女人有着跟王后一模一样的容貌！

赫伦珠苍白如冰雪，却笔直傲立，她傲声问道："你到底是谁？"

赛罕音冷笑道："我曾经是乌胄女王赛罕音，不过，将来我会是朱镝王后赫伦珠！有我在此，你，不再有任何存在的必要了！"

"你已经是女王，拥有无上的权力，又何必抢我一个王后的位子？"

"是啊，我已经拥有了乌胄王国，但我还想更贪心一点。拥有了朱镝王，便等同于又拥有了朱镝王朝，此后我便有了双倍的财富双倍的兵马！你说，我为何不抢你王后的位子？！"

"那你的容貌呢？又怎会与我一模一样？"

"当然，也是抢来的，从你身上！瞧你现在的面色，惨白如纸，就像残风中即将破碎的灯笼，这多亏那面波斯镜的帮忙，才把你的艳丽一点一点偷来我的脸上！"

赫伦珠越听越愤，眼珠几乎喷出火来！

赛罕音说："你恨也没用，如今我已经得到了想要的一切！不过，看你恨得如此眼红，我倒觉得解气得很！我不打算一刀砍死你了，我要让你痛苦得再久一点！"

说罢，赛罕音拿出利剑，砍下了赫伦珠的双脚，她恶毒地说："没了这双脚，你再也去不得任何地方，也再别想找到你的丈夫赤摘缨！"

巫师吉姆桑正站在一边，赛罕音对她说："去，把这贱人和她的侍卫们统统扔到荒无人烟的地方！让他们冻饿而死！最好是，饿得受不了的时候就啃对方的肉、喝对方的血！"

吉姆桑得令，念动咒语，赫伦珠和五十弓箭手瞬间没了人影。

当赫伦珠再度醒来，正躺在积雪的高山上。不远处的五十弓箭手，已经冻得瑟瑟发抖，彼此依偎着取暖。赫伦珠想要站起来巡看一番，却一阵剧痛跌回到山地上。此时她才记起，自己已被赛罕音砍断了双足！

接下来的几天里，赫伦珠不动也不语，间或有苍鹰为他们衔来野果，五十弓箭手们劝慰王后略吃一些，留得性命才好报这血仇！

又过了不知多少时日，赫伦珠昏昏睡梦间，看到夫君赤摘缨向她走来，还是曾经那副清俊温雅的模样，但神情满是凄哀，他说："我亲爱的赫伦珠啊，都怪我当初没听你的劝告，才引来这样的杀身之祸！如今我要先你而去了，但愿我们下一世还能相见！"

赫伦珠大哭着醒来，她终于开口："国王啊，被害了！"

正如赫伦珠梦到的一样，识破了赛罕音阴谋的赤摘缨，带

...245

领兵马入后宫捉拿她时,被巫师吉姆桑用巫咒害死!如今的赛罕音,以王后赫伦珠的身份,主宰了朱镝国。她再次加征粮税,没日没夜地操练兵士,所有民间的财宝都要上缴国库……百姓至此苦不堪言!

而此时雪山上真正的赫伦珠,已下定决心,要为丈夫报仇!她尝试着站立起来,无论如何也要站立起来,没有双脚便用残断的腿骨着地支撑!她哭喊着嗷叫着,突然间,那双腿渐渐化成了利爪,生长出纯白的羽毛,双臂更是刺痒难耐,细看之下,竟是化作了双翅,也是雪白的颜色!

赫伦珠啊,她本就是神族的公主!

自此,赫伦珠不再行走,她拥有了飞翔的本领!她开始训练五十弓箭手,自己飞在空中,忽疾忽缓,让这五十兵士用不带箭头的箭杆射向她!终于七七四十九天后,这五十弓箭手百发百中,即便在没有月色的黑夜,也可一箭制敌!

赫伦珠对五十弓箭手说:"我父亲是天帝的太子,被人族所杀,母亲从小便要我记住父仇,待二十年后为父亲雪恨!如今我的丈夫惨死在妖人手中,我亦要为他报仇。想我这一生啊,大概是为了报仇才来到这人世间的!"

五十弓箭手心有所动,都沉下了头。

赫伦珠说:"只可惜我不能亲手诛杀仇人了!如今,我以王后的身份,最后命令你们一次!"

五十弓箭手齐齐跪拜在前!

赫伦珠告诉他们，自己即刻便会死去，她死之后，要把她的身体放在雪山最高处，等那鹰隼来吃尽她的血肉，最后留下的白骨，要小心收好，自会有鸟族带他们回到朱镝国。回去后，让工匠把她的身骨做成箭镞。有了她玉骨做成的利箭，定能斩杀赛罕音，光复朱镝国！

"我的身骨能制二百四十支箭镞，但你们一定要留下一支，交给即将来找我的人。父亲托梦给我，说他们不久便会来寻我。可是我等不到他们了，我的父仇就交给他们来报吧！"

说完这些，赫伦珠倒下了。众人上前一看，王后已没了气息。

五十弓箭手强忍住悲痛，依照王后的命令，把她放到了雪山的最高处，顷刻间，有乌压压的一片鹰隼飞来，啄食起赫伦珠的血肉。五十弓箭手个个悲泣，跪拜在王后的血骨之下！不过半日工夫，那鹰隼已啄尽血肉，尽数飞走了。五十弓箭手上前收殓时，见王后只剩一副玉骨，那雪白的骨头上，浸染了斑斑血渍，点点如泪！

五十弓箭手仔细用战袍包好王后的玉骨，这时一群硕大的鹰鸟有序而来，停落在山间，不多不少，恰好五十只。弓箭手们一个个骑上了鹰背，那群鹰鸟振翅而起，朝着朱镝国的方向飞去！

五十弓箭手回到了朱镝国，他们暗地里联络了国师和宰相，说明了真相，才得知，如今赛罕音女王杀了国王、夺了兵权，举国上下，再没有能挟制她的了！

国师和宰相暗中找来工匠，五十弓箭手拿出了王后的玉骨，工匠们检看时惊讶无比：这副玉骨其声铮铮如铁，其质又比铁石还坚硬十分！

依照王后的遗言，工匠们共打造了二百四十支箭镞，制成弓箭。五十弓箭手留下一支，以待来日！其余的装箭入囊，直奔赛罕音的大殿！

赛罕音得到了消息，招来披甲的几百精兵护驾。她讥笑这五十弓箭手不自量力，自己乌胄国最擅制兵甲，任你利箭也难穿入！

五十弓箭手拉满弓、齐射箭，那箭镞钻铁如入柴木，支支刺穿盔甲，直入精兵心窝处！

赛罕音大惊失色，上马便跑！后面跟着她的骑兵卫队，还有巫师吉姆桑！五十弓箭手的坐骑已恭候在宫门之前，是那五十只硕大的鹰鸟！弓箭手们骑上鹰鸟，从空中追杀而去！在雪山上，赫伦珠化身飞鸟习练他们箭法，如今正派上用场！不出十里，赛罕音已被射杀在马下，巫师吉姆桑急急就要念动咒语，却不防一支快箭飞来，立时毙命！

至此，国王和王后大仇得报！

朱镝国的臣民们休整数日，便开始商议重新选举贤能者为王。有些不明真相的百姓，那之后提起王后赫伦珠，仍觉得脊背发凉！大家实在不知，该称她为贤后还是妖后。

数月之后，青雀儿和乌聆牧顺着夜重华公子的指引，来到了朱镝国，他们要找王后赫伦珠。五十弓箭手便知道他们正是王后临终前所说的人了。

弓箭手们把最后一支玉骨箭交到了青雀儿手上,对她说:"王后临终遗言,她的父仇,便交由你来报!"

青雀儿见那箭镞如血玉一般,忍不住用手指抚了上去。就在触到赫伦珠骨血的一瞬间,突然脑中一阵疾风闪电!一些断断续续不甚连贯的画面闪过眼前……她耳边清清楚楚听到了一些只有她能听到的声音!

"走!回栖月国!"

尾声 揭开栖月国的秘密

身负赫伦珠玉骨箭的青雀儿,快马加鞭往栖月国的方向赶去,旁边是同样焦急的乌聆牧。他们一路疾行了很多天,在晴朗的黑夜时分抬眼,天上月儿渐渐近满,因此越发不敢停歇!

青雀儿这一路上,脑袋里总有些飘忽的影像不时地闪出来:有国王出猎的仪仗,有一只接一只坠落的鹤鸟,有衔草埋葬它们的乌燕……每每闪过这些,背后那负有玉骨箭的地方,便传来一阵阵的灼烫!

青雀儿似乎想起了很多事情,又根本一件都想不清楚!

他们快马加鞭不停不歇赶了七天七夜,终于在一个圆月高升的夜晚,回到了栖月国!

城门守卫一见他俩,大惊失色:得速速禀报国王!

当青雀儿和乌聆牧被卫兵押送至王前的时候,城门的守卫们一阵阵扼腕:明明已经逃出生天的十九王子,何苦又回来送命!

大殿之上，灯烛高高燃起，照得王宫内外透亮。乌聆牧王子和青雀儿立在王座之下，神色肃穆。

刚刚在卫兵押送的途中已经得知，在他们离开的六个月里，三王子、五王子、十二王子、十四王子、十七王子、二十二王子，相继死在月圆之夜！

五王子和十七王子，也曾效仿乌聆牧王子，试图逃跑，却运气实在糟糕，直接被国王的内侍卫队斩杀在城门之下！

而今晚，国王正要处死的是栖月国最年幼的二十四王子！

那二十四公子还只是刚满十岁的孩童，此刻惊魂四散、正躲在乳娘怀里痛哭！乌聆牧心痛不已，走过去拥抱了幼弟，他质问父王："二十四弟还只是年幼的孩童，他犯了什么罪过非死不可？！"

栖月王被谟罗夺占了神魂，面庞极尽扭曲！

"逆子！忤逆君王者，都该处死！"

栖月王下令，把十九王子和二十四王子一同斩杀！

兵士们愣住了，今夜国王竟然要斩杀两位亲儿！他们又不敢违抗王令，只得架着兵器上前来捉！乌聆牧公子当庭反抗，他的武艺是大将军悉心教授的，自然不是这些寻常卫兵可比！

青雀儿也拉开了架势就要帮忙，只见她深深吸气，似乎下定了莫大的决心！她大展长弓，迅疾抽出背后的那支玉骨箭，猛地瞄准了王座！兵士们瞬间明白了她的目标是谁："快！保护陛下！"

然而已经来不及了，那玉骨箭刚一离弦，便如疾光快电扑向栖月国王，它比寻常的箭更快更准！这支箭，绝没有射偏的可能！它不是青雀儿为了卫护王子的性命，她是赫伦珠为报自己的父仇！

果然，玉骨箭正中栖月王眉心，猛然在他额上炸开了一朵血花！栖月王身躯一俯，随之，一滴极黢黑的血珠跌落在地上！一瞬间，国王的面色由乌转白了。

所有人都停住了，大家愣愣地看着这一切，不知该如何举动！而栖月王似乎刚从一场幽噩的梦中醒来，面对大殿上发生的一切，茫然无措！他身躯颤抖起来，不知该如何言说。

"终于结束了！"

一道白影从门外走入大殿，正是皎白驹。他拿出一只极小的桐木方盒，俯身把那滴乌黑的血珠装进盒中。那正是谟罗的精魂。

他对青雀儿说："大概，你已经想起了一些事情吧。"

栖月国的祸事，要从二十年前说起。

曾经天神有十二位王子，个个生得英俊不凡。他们最爱变作鹤鸟的样子，在空中逡巡游玩。栖月王平生酷爱狩猎，自诩为人间第一箭手，不论飞禽还是走兽，百发百中！他一生最荣耀的战绩，莫过于二十年前曾一日之中射落十二只鹤鸟！其中有几只，更是一箭双鹤！

那一场秋狩，是国王这一生最值得炫耀的时刻！就在他尽兴射杀，命随从去拾捡战利品的时候，天空一阵狂风卷来，众人手忙脚乱，牵马的牵马、护主的护主，等狂风终于歇住了，那十二只被射杀的鹤鸟尸身，早不见了踪影。

十二位王子的尸身，被狂风吹到了山谷中。此时飞过一只轻巧的乌燕，不忍见他们的肉身荒弃于山野，便衔来草枝，埋葬了十二位王子。

"那只埋葬了十二位鹤鸟王子的乌燕，便是青雀儿。"皎白驹说道。

天神一日之间失去了十二个儿子，痛心不已，也感激那只乌燕的衔葬之恩。天神让乌燕转世成了少女，落生在栖月国的大将军府，许她享用一世的富贵。

而十二位王子的杀仇，天神不能不报！他许下诺言，一定要让栖月王也亲手屠杀自己的十二个儿子，以品尝丧子之痛！因此才有了谟罗的趁乱出世，挟制栖月王心神以杀死十二位栖月国王子！

事情到此，皎白驹已然说得清清楚楚了。

青雀儿惊呼起来："皎白驹老伯！难道你一开始就知道这全部的真相？！既然如此，为何还要我们去寻寻觅觅那么久，找那位命定之人？！你为何不一开始就说出真相？这期间又让六位王子白白送了性命啊！"

皎白驹言道："万事总有偿还。若不还清了血债，事情便永无了局！更何况，能真正斩杀这谟罗的，并非寻常人，唯有鹤鸟王子的至亲骨肉才可！"

青雀儿和乌聆牧此时方才明白：赫伦珠是鹤鸟太子的亲女，也是天神的孙女，唯有她的利骨，才可替父亲、替十一位叔父，报这杀仇！

真相大白了。栖月王神色颓然，他早从额中拔下了利箭，此时默然无语。想到之前做过的种种，自己亲手斩杀的十二位亲子，心中忍不住一阵剧痛！

"过往之事，都是我造的冤孽！任何人都无罪过，唯有我罪不可赦！"

栖月王说罢，又稳稳地把那支玉骨箭插进了自己的心窝！栖月王的一生，至此了结！

栖月国剩下的十二位王子为父亲料理了葬礼，后来大家推举十九王子乌聆牧承继了王位，成了栖月国新王。

新国王乌聆牧便问："青雀儿妹妹，这一路上你功劳最大，想要怎样的赏赐？或者，我可以娶你做我的王后。"

青雀儿却说："国王哥哥，我并不想做深宫的王后。我的愿望，是做一位像昂丽香那样的女将军！"

乌聆牧颔首一笑，同意了她的请求："本王便许你做一位女将军！"

十年之后，风布吉将军病逝，他的女儿风青雀继任，成为栖月国一位真正传奇的大将军！